被自己綁架的女孩

He Exists In My Existence

每一段命定的相遇，
都只是我們的久別重逢。

矮子（思念秧秧）

目次

第一章 005
第二章 019
第三章 055
第四章 069
第五章 095
第六章 119
第七章 141
第八章 165
第九章 191
第十章 199

第一章

我在臺下，瘋狂追逐著你的身影。

「周紀緯！周紀緯！」耀眼的舞臺燈光下，長髮少女聲嘶力竭地吶喊，隨著節奏鮮明的鼓聲，盡情擺動著身體。

「王睿！王睿！」短髮的少女不甘示弱地拉開嗓門。

目光緊鎖在偶像身上，就怕多眨一眼，就錯過了那個與他四目相交的機會。

我們都曾幻想過與自己的偶像有一段浪漫的邂逅，而她們亦是如此。

好吧！我是說，如果你是女生的話。

「于沫晨！妳很沒水準，是誰說妳可以自備發光髮圈的啦！」吳宛怡大力拽了我的耳朵。

笑著撥開她的纖纖手指，我關掉開關，等待著人潮散去。

「沒辦法啊！他們粉絲那麼多，不搞一些花招怎麼行。」

吳宛怡點頭，輕嘆口氣。「唉！還沒正式出道就紅成這樣，以後要是出道了，絕對五月天第二。」

「妳是說演唱會票要去網咖的那種境界嗎？」我輕笑。

「嗯，我們情敵絕對會越來越多。」

我和吳宛怡都是目前最有名地下樂團『Healer』的鐵粉，為什麼敢自稱鐵粉？因為當他們還只是學生樂團時，我們就已經深深愛上他們了。

「為什麼他都認不出我啊？」吳宛怡苦著一張臉。「我以前可是寧可餓肚子都要把錢投到他們小箱子的忠實粉絲耶！」

「拜託！他們沒有千里眼好嗎？」我翻了個白眼，一把拉起她。

「不管啦！等到他們開真正的演唱會那天，我一定要霸占王睿的視線。」

「好！妳開心就好！」

『Healer』每一位團員都很帥，有些人會戲稱他們只要在臺上賣力地笑，就算是唱兩隻老虎也一定會獲得滿堂彩。

的確是有這樣的條件，但他們總是對這樣的言論感到困擾，努力用音樂去證明除了好皮囊以外的專長。

這才是我喜歡他們的原因。

他們的音樂，曾帶給了我活下去的勇氣。

「為什麼妳不能有妳妹妹的一半好呢？不要說叔叔偏心，只是妳比較笨是事實啊！」

國三那年我媽再婚，那個男人有一個跟我同齡的女兒，我們讀同一所國中，她卻優秀的令我感到自卑。

「我只是不喜歡讀書，又沒做什麼不好的事。」我直視著叔叔的雙眼。

他一臉藐視地上下打量著我。「妳可不要現在不讀書，以後長大了才去要穿『制服』的地方上班啊！」

「你說什麼！」我憤怒地拿起水杯，往他那噁心的臉上潑去。

他看不起我們母女，會結婚，也完全是因為我媽在某方面非常合他的胃口。

沒錯，我媽嫁給他之前是在酒店上班。

「該死的！妳以為自己是誰啊！今天要不是老子給妳錢讀書，妳早就跟妳媽一起去做酒店了。」狼狽抹去臉上的水痕，他高舉雙手。

「爸！」一隻纖細而白皙的手，制止了他想賞我巴掌的動作。「你醉了。」

瞥了那隻手的主人一眼，我轉身離開，用力地甩上門。

那個人，是他女兒。

我討厭她，總是那麼高尚又完美的存在著。若不是她那麼好，又怎麼讓我落得今天這樣的處境。可偏偏我又恨不了她，因為她是真心對我好、真心想和我成為姊妹。

失魂落魄走在路上，搖搖欲墜的求生意志，天知道我有多想衝到馬路上被撞死算了。

「妳又哭了嗎／他又讓妳難過了是嗎／我想跟妳說／妳很好／就算妳什麼都沒有／只要這世界／有妳的存在／對我來說／就很好」

溫暖聲音伴隨著吉他，我像著了魔一般地向他靠近。

「妳哭了。」男孩停下刷弦的動作。

我傻愣愣地望著那纖長好看的手指，直到他將衛生紙遞到我面前。

「不要難過了，妳想聽什麼歌？我唱給妳聽。」

搖頭。「我沒有喜歡的歌。」

「有沒有喜歡的歌手？」偏著頭，他有一雙會說話的眼睛。

再次搖頭，我悲慘的人生，壓根連聽歌的閒情逸致都沒有。

「那太好了！」他揚起了燦爛的笑容。「那就讓我當妳第一個喜歡的歌手吧！我唱自己寫的歌給妳聽。」

輕輕點頭，我自然地跟著節奏拍手。

他笑了笑，輕刷幾個和弦，緩緩地唱出一首旋律簡單卻讓我永遠忘不掉的歌曲。

「妳好。」

「嗯？」

「這首歌的名字，〈妳好〉。」他拉起我的手，將彈片放在掌心上。「送妳，我的第一個粉絲。」

我笑了，看著他泛黃又皺巴巴的制服。「很好聽，你一定會變成大明星的。」

「希望我站上小巨蛋那天，妳會坐在第一排。」調皮地對我眨了眨眼，隨著越來越多的人潮將他淹沒。

離開前，我看見了他制服上的名字。

曙光高中 高一甲

周紀緯

人們說第一次的相遇如果不討厭，那麼就不要吝嗇的稱之為一見鍾情吧！

回到家，推開大門，迎接我的是一片黑暗。不過這樣也好，我並不想看見這屋子裡的任何一個人。

「妳回來啦！」一道聲音從不遠的門前傳來。

「嗯。」越過她，走進自己的房間。

「對不起，我爸又講了難聽的話。」

停下腳步，我直視著她無辜的臉龐。「我不在乎。」

「有空嗎？我們聊聊。」

我們對視了許久，沉默卻是我的回答。

「不會耽誤妳太久，一下下就好。」她雙手合十，一臉的誠懇。

也許是那眼神太過真切，讓我不得不軟化鋼鐵般的心，最後我們來到了大樓下的7-11。

她喜歡喝木瓜牛奶，這是我第一天搬來就知道的事情，冰箱裡滿滿都是統一木瓜牛奶，沒有其他東西，真的。

直到某天放學，我發現冰箱裡多了一半的西瓜牛奶，那是她知道我愛喝，特別準備的。然而我卻無視她的善意，讓那些西瓜牛奶全放到過期。

「我請妳。」一把搶過她手中的木瓜牛奶，過期的事情一直讓我耿耿於懷，總覺得不想虧欠她什麼。

「妳願意請我，我好高興。」她漾起燦爛笑容，親暱地勾著我的手臂，走向戶外座位區。

「說吧！妳想跟我聊什麼？如果是要替妳爸道歉，倒是可以省了。」

搖頭，她放下手中的飲料。「其實我很討厭他。」

我對她的回答感到詫異，瞪大雙眼倒吸了一口氣，期待著她沒說完的下文。

「妳媽媽是他的第三任老婆，而我卻是他唯一的女兒。」她從口袋裡順手拿出香菸盒。

她竟然會抽菸！

我被口水嗆得猛咳。

「女人之於這樣事業有成的男人，就跟垃圾沒什麼兩樣吧！」看著她熟練地吐煙，我愣在原地，久久不能自己。「我媽是因為他外遇才燒炭自殺的，也許大家都以為那時的我還小什麼都不懂，只可惜，我卻記得比任何人都清楚。」

「但是你們關係感覺沒那麼糟。」我說：

「是嗎？」聳聳肩，她睨了我一眼。「可能因為我成績好，他覺得很驕傲吧！不過我認真讀書從來就不是為了他。」

「不然呢？」

「我答應過我媽，要好好讀書，好好照顧自己。」看著她淡然的側臉，有一股衝動，我想給她一個擁抱。

但是我並沒有這麼做。

「妳會討厭我，應該只是因為我爸吧？」她轉過頭來看我。

我不曉得該怎麼形容，此刻她臉上的笑容，好似無奈卻又成熟得讓人覺得她一點也不在乎。

「嗯，算是啊！」我點頭，將眼神飄向別處。

「不去奢求妳把我當親姊妹，但是當朋友可以吧？」她朝我伸出手。

回握，也許我可以去試著接受自己有一個妹妹的生活。「就當姊妹吧！畢竟法律上我們就是姊妹。」

「真的嗎？」她眼底閃爍著光芒，張開了雙臂，緊緊抱住我。

「前提是妳不要一直跟我有肢體接觸。」我佯裝嫌棄地推開她，臉上卻掛上了大大的笑容。

以前我不確定自己能否真心喜歡這個跟我不同世界的女孩，可是此刻的我才明白，我們其實都一樣。

一樣都擁有，不完美的人生。

一樣都渴望，能遇見一個相知相惜的家人。

「沫晨，妳妹妹找妳。」

急忙放下課本，我走到教室外。

「今天放學我要去聽一個最近很紅的學生樂團表演，要不要一起啊？」

「不要，我沒興趣。」說到樂團，在那次萍水相逢後，我就再也沒見過那個叫周紀緯的男孩了。

每天都會刻意繞到我們初次相遇的地點，卻總是撲空後回家。

他是天使嗎？

短暫而美麗地出現在我生命。

然後又消失於無形。

「真的不去？都是帥哥喔！」

我冷冷望著這個瞇起眼傻笑的傢伙。「吳宛怡妳媽在天之靈要是看到妳現在這副蠢樣子，絕對會氣到想立刻投胎來掐死妳。」

她抬高右腿，狠狠地朝我的膝蓋補了一腳。「靠！妳爸要是知道妳開死人玩笑，才真的會從祖墳裡爬出來。」

看著她氣得跳腳的樣子，我失笑。吳宛怡真的是一個活寶，越是與她相處，就越感謝當初自己決定跟她當姊妹。

哪來這麼可愛的妹妹呢？

吳宛怡無可救藥地迷上了最近很紅的地下樂團，為他們省餐費、翹補習班，最後卻落得被她爸禁足的下場。

「拜託妳去幫我發應援扇，今天對他們來說真的很重要。」一大清早她拖著大背包進到我房裡。

「妳這是在幹麼啦！」

「我是副會長啊！做周邊也是我的職責之一。」

見她一臉驕傲的樣子，我忍不住翻了一個白眼。

這是一個國三準考生該做的事嗎？

「算我求妳，姊妹一場，今天妳非幫我這個忙不可！」她浮誇地跪在地上，只差沒對我磕頭。

「好啦！但是就只有今天！」

「好！謝謝妳！」

頂著烈日，我揹著吳宛怡用生命請託的應援扇，來到了一中街的水利大樓廣場。

場面雖不至於用人山人海來形容，但望著那擠爆加油區的少女們，我不禁捏了把冷汗。

一、群、花、痴。

身穿印有英文字樣的女孩朝我走來。「請問是王嫂的姊姊嗎？」

「王嫂是？」尷尬地揚起笑容，我盡可能隱藏自己傻眼的情緒。

「喔！宛怡啦！」女孩笑說：

「對，我是。我來幫她發應援扇的。」

加油區的女孩們聽到關鍵字蜂擁而來，眼看著快被她們扯爛的包包，我大喊。「通通給我冷靜！」

女孩們立刻停下動作，與我四目相對。

「乖，妳們是來幫偶像加油的，不要讓其他粉絲以為妳們是潑婦啊！」我笑著請她們排好隊伍，一手拿扇子，一手填表登記。

不到十分鐘，結束了一場浩劫。

看著她們既興奮又害羞的神情，坦白說有點羨慕，我也有偶像，只可惜不知道他去哪了。

「那就讓我當妳第一個喜歡的歌手吧！我唱自己寫的歌給妳聽。」這句話猶如在耳，真心祈望他是被唱片公司挖角，所以才消失在那街邊的小舞臺。

不遠處傳來麥克風測試的聲音，我低頭看了看手錶，時間還早，不如就留下來看吳宛怡口中的夢幻樂團吧！

「大家準備好了嗎？」主持人一開口，臺下此起彼落的尖叫聲便熱切回應著。

不自覺地加快了心跳，彷彿待會出現的樂團，就是我一生的摯愛。

「讓我們掌聲歡迎，史上最受矚目的美男樂團Healer！」

趁著少女們暴衝的空檔，我鑽進人群裡，站在一個不遠不近，卻可以清楚看見主唱的位置。

四個身材高䠷的男孩緩緩走上臺，就如吳宛怡所說，每一個都是帥哥。

尤其是那個戴著墨鏡的吉他手。

墨鏡把半張臉遮住，卻仍掩蓋不了從體內散發出來的明星特質。

「睿！睿！」身旁的女孩用盡全身的力氣呼喊著。我猜他們口中的睿就是主唱，因為他對著我們傳了個飛吻。

好一個讓人失魂的動作，只可惜我沒有中計。若他真的是王睿的話，那麼就是讓我妹妹魂牽夢縈、夜不成寐的傢伙了。

「噓！」王睿朝臺下比了個噤聲手勢，全場少女奇蹟般都安靜下來。「乖，要唱歌給妳們聽了。」

由強烈鼓點帶進了電吉他的澎湃旋律，隨著主唱特別的菸酒嗓，就像是來到了另一個世界。

充滿爆裂又讓人解放的未知國度，戴著墨鏡的吉他手，演奏技巧自然不在話下。可真正吸引我的，是他全心灌注在音樂時，身體自然擺動的樣子，非常帥。

貝斯手靈活的手指，就像在樂器上跳舞般，旁邊的女孩告訴我他叫林尹，而鼓手叫孟遠。

「那吉他手呢？」

女孩聳聳肩。「他是新加入的神祕團員，除了是王睿的同班同學以外，其他我們無從得知。」

「那原本的吉他手呢？」

「因為他交女朋友，所以退團了。」女孩淡然的臉上，浮現出一抹不懷好意的笑容。

「想當明星本來就不該談戀愛的啊！」

這回答使我打了個冷顫。這就是傳說中的嫉妒心嗎？

好可怕。

Healer 只表演三首歌就換下一團上場，原來今天是高校聯合展演。

擁有這樣的人氣與尖叫聲，我還以為是他們的粉絲見面會呢！

「還沒出道粉絲人數就那麼多，真是厲害。」話在嘴邊嚷嚷著，一個不注意，撞上了前方的人。

「抱歉！」對方伸手抓住了重心不穩的我。

「應該是我要說不好意思。」站穩步伐，抬起頭，是剛才那個戴著墨鏡的吉他手。

「沒關係。」他指著我的鎖骨。「妳的項鍊很好看。」

我低下頭看著用彈片做成的項鍊說：「這是一個未來大明星送我的。」

他揚起了意味深遠的笑容，脫下墨鏡。「謝謝我的頭號粉絲這麼看得起我。」

下一秒，就是這張熟悉的面容，惹得我熱淚盈眶。「我以為你——消失了。」

「只是因為最近剛跟他們組團，沒有多餘的時間去街頭表演而已。」周紀緯伸出食指，指向遠處的團員們。

「你今天表現超帥的喔！」

「是嗎？」他湊到我面前。「沒看錯的話，妳的目光都牢牢鎖在阿睿身上。」

一時語塞，我轉了轉眼珠子。「那是因為我妹妹很喜歡他。」

他鼓起腮幫子，雙手抱胸。

「是真的，不然我跟你發誓好了，以後絕對只看你一個人。」我高舉右手，大聲地宣示。

他先是一愣，接著爆笑出聲。「笨蛋，鬧妳玩的啦！能再見到妳我就已經很開心了。」

「所以你沒有生氣？」

「當然，團員還在等我，我們下次見！」快速從口袋裡拿出彈片，輕放在我心上。

「再給妳一個，就當作是慶祝我們終於又見面了。」

他話一說完，便轉身奔向團員。直到確認他們的身影完全消失，我才鼓起勇氣放聲大叫。「啊！啊！啊！我找到周紀緯了！」

於是我用跑百米的速度，手刀狂奔回家，誠心誠意跪在吳宛怡的面前。

「拜託讓我加入後援會，做牛做馬都可以，只求成為他們的專屬後援會。」

她緩緩地放下手中的麵包，清了清喉嚨，還一臉囂張地抬高下巴。「可以是可以，最近剛好有一個職缺需要遞補的人選，就賞賜給妳吧！」

「什麼職缺？」

「新吉他手的後援會會長。」

吳宛怡的回答對我來說無疑是中了樂透，那可是夢寐以求的缺啊！

第二章

「你知道交女朋友的代價是什麼嗎？」王睿倚在窗邊，語氣凝重地對著我身後的男孩說：

「我知道。」

「你要為了一個女的拋棄兄弟？說好的出唱片開演唱會呢？」

在一旁埋頭抄筆記的我，偷偷豎起了耳朵。

「阿睿，那是不可能的事情好嗎？」男孩帶著極度輕蔑的口吻。「我想通了，你也早點放棄吧！」

餘光瞥見王睿鐵青的臉色，沒想到陽光王子生起氣來模樣還挺嚇人的。

男孩輕拍了王睿的肩膀，轉身離開教室。他們是在學校裡頗具盛名的搖滾樂團，如今卻落得開演前三個月吉他手不幹了的下場。

樂團嘛！分分合合常有的事，合則聚、不合則散，大不了更換新團員而已。不過依我看來，眼下王睿似乎無法接受，而且憤怒值已經快要衝出頭頂，即將要爆炸了。

「我再問最後一次，你真的要為了一個女的退團？」

「她不是主因，我只是不知道你口中的玩音樂以後能幹麼。」男孩頭也不回地轉身離去，王睿狠狠地甩上門，就連窗戶都被震得發出了喀喀的聲音。

巨大的聲響驚動了在一旁裝沒事的我，抬起頭，對上他那因為不甘心而落下的男兒淚。

「你看屁。」他粗魯地擦去淚水。

「你甩門那麼大聲，我再不抬頭看就是耳聾了吧！」我好氣又好笑地遞上面紙。

王睿沒有接下，只是朝我比了個中指。「你也很會彈吉他，要不要加入我們？」

「你們是搖滾樂團，然後我彈木吉他？」

「靠！我明明就看過你彈電吉他，不想加入就算了。」他狠狠地抓了抓頭髮，滿臉的無奈。

「我可以加入啊！只是我想知道你所謂的『玩音樂』以後要幹什麼？」

「那是我的夢想，當然是要幹一票大的啊！」烏雲一掃而空，王睿眼中散發著耀眼的光芒。

「所以你要幹麼？」

「殺進小巨蛋。」他自信的樣子，深深撼動了我。

揚起笑容，我搖搖頭。「不好意思，我渴望的那個地方叫武道館。」

林尹走了進來。「你們在聊什麼那麼開心？」

「在跟我們新吉他手聊聊。」王睿搭上我的肩膀。「去武道館算什麼，紐約麥迪遜花園才屌。」

「白痴，又再自以為是五月天了！」林尹微笑著潑了王睿一大桶冷水。

關於想要成為歌手的夢想，我只和一個人說過，一個制服上繡著于沫晨三個字的女孩，可惜我們只見過一面。

我甚至不知道「于沫晨」是不是她的名字。

如今我有了一群志同道合的夥伴，能對著未知的世界侃侃而談，也算是一件很幸運的事吧！

「這個地方過門不好，我再試一次。」所有團員裡，我最尊敬的是孟遠，一個為了實現夢想而重考的傳奇鼓手。

當他遇見國三的王睿時，已經是個名校高材生。為了完成與王睿一起組團的夢想，他毅然決然休學重考，放棄了臺中第一學府，選擇我們這間校風奇差無比的綜合高中。

大家都覺得他瘋了，但是在我眼裡，只覺得他帥爆了！

「紀緯，你的部分練完了？」他停下動作，睨了我一眼。

「差不多吧！每一次都有不同的感覺，我還在抓手感。」甩甩手，我拿出身後的樂譜。「我覺得以前的編曲不太順，可以改一點點嗎？」

「當然，要跟我討論嗎？」

「嗯。」

也許是大了兩歲的關係，孟遠明顯比我們任何人都沉穩，團裡大大小小的事情也都是他決定的。

「你們真的有一項規定是不能交女朋友嗎？」

孟遠輕皺眉頭，將視線移到我身上。「嗯，你有女朋友嗎？」

「沒有，我只是很好奇，為什麼有這個奇怪的規定。」說到女朋友，我的腦海裡不自覺地浮現出于沫晨三個字。

如果說我要交女朋友，那大概也要有她那種等級的才可以，雖然我們可能不會再見面了。

「因為女生很麻煩，一直陪她就不能練團。一直練團，她又會抱怨我們不夠愛她。與其等她發飆逼我們夢想、女友二選一，倒不如一開始就選夢想，簡單多了。」孟遠的語氣裡滿是無奈。

眼裡漾著精光，我笑出聲。「感覺你身受其害，敢問這位施主是否曾經是苦主呢？」

孟遠瞥了我一眼，冷冷地說：「我被初戀女友折斷兩雙鼓棒，這樣你懂了嗎？」

我憋住笑意不再說話，拿起樂譜朝室外走去。

「紀緯你戴著墨鏡上場是怎樣！」上臺前林尹一把扯下我臉上的墨鏡。

「喂！弄屁啊！我長針眼啦！」我出拳重擊下腹部，痛得林尹哇哇大叫。

王睿笑得不支倒地，孟遠則是搖搖頭說：「周紀緯我原本以為你長得斯斯文文，人應該會很成熟才對，沒想到就是林尹的翻版。」

「真的。」王睿連聲附和。

然而舞臺前的尖叫聲震懾了我，愣在原地不確定自己聽到的聲音，是不是在歡迎著我們的到來。

屬於王睿的呼喊聲遠遠蓋住了其他人，他揚起自信又驕傲的笑容。「我真慶幸你今天戴墨鏡。」

偏頭，我心中滿是疑惑。

「你要是墨鏡摘下來，我的粉絲絕對跑一半去你那裡了。」他輕輕搭上我的肩膀，看似玩笑，臉上的表情卻再認真不過。

我還沒來得及回話，便被林尹匆匆拉上舞臺。

臺下少女們殷切期盼的眼神令我打了個冷顫。這裡和街頭表演不同，她們是為了心愛的人而來，可街頭的人們，是為了我的聲音而停留。

就像，于沫晨。

慶幸自己戴了墨鏡，可以躲開臺下少女們炙熱的目光，肆無忌憚張望著。

然而我第一眼，就看見了她。

于沫晨雙眼迷濛地望著王睿，稱不上含情脈脈，但她的目光牢牢鎖在他身上，錯不了的。

她喜歡王睿嗎？還是她喜歡的是Healer？一股失落感襲上心頭，我還以為她只喜歡我的音樂呢！

表演一結束，于沫晨便匆忙離開，看著她漸漸消失在人海裡的身影，追上前的衝動不斷在我耳邊說著。「去追啊！你不是一直很想見她嗎？」

簡單交代其他人我必須要離開一下，正準備要手刀狂奔時，她卻自己先出現了。

她低著頭，嘴邊不曉得在碎念些什麼，刻意不閃開，就是要讓她直直撞上我。

「抱歉！」伸手抓住了重心不穩的她，我努力憋住笑意。

「應該是我要說不好意思。」站穩步伐，抬起頭，她那泛紅的雙頰配上尷尬的表情，真的非常可愛。

「沒關係。」指著她的鎖骨，我說：「妳的項鍊很好看。」

垂下頭她看了看項鍊，揚起一抹溫暖的笑容。「這是一個未來大明星送我的。」

沒想到會得到她這樣回答，心頭一暖，我緩緩脫下墨鏡。「謝謝我的頭號粉絲這麼看得起我。」

下一秒，她那雙好看的杏眼熱淚滿盈。「我以為你——消失了。」

「只是因為最近剛跟他們組團，沒有多餘的時間去街頭表演而已。」伸出食指，指向遠處的團員們。

「你今天表現超帥的喔！」她興奮地朝我比了一個讚。

「是嗎？」湊到我面前。「沒看錯的話，妳的目光都牢牢鎖在阿睿身上。」

她轉了轉眼珠子。「那是因為我妹妹很喜歡他。」

見她不自在的表現，突然興起了逗弄她的壞想法，鼓起腮幫子，雙手抱胸。

「是真的，不然我跟你發誓好了，以後絕對只看你一個人。」她竟然高舉右手，大聲地宣示。我看著愣了幾秒，接著爆笑出聲。

「笨蛋，鬧妳玩的啦！能再見到妳我就已經很開心了。」

「所以你沒有生氣？」

「當然，團員還在等我，我們下次見！」餘光瞥見站在不遠處，孟遠疑惑的視線，我快速從口袋裡拿出彈片，輕放在她心上。「再給妳一個，就當作是慶祝我們終於又見面了。」

直到回家，我才懊惱地把所有東西丟在床。「靠！我為什麼沒有留她的LINE！好不容易才見面的。」

「妳給我跪下！」高中放榜的日子，我興高采烈地拿著來自曙光高中的入學通知，推開大門，迎面而來的卻是吳宛怡她爸爸的怒斥聲。

跪？我幹麼要跪？

吳宛怡倔著一張臉，低聲地說：「沫晨妳先進房間，這裡沒有妳的事。」

「那他叫我們跪什麼跪？」拉過吳宛怡，我湊到她耳邊。

吳宛怡她爸聽見了我們的對話，一把搶過我手中的通知單。「就是妳，是不是妳要我女兒去讀曙光高中的？」

我瞪大雙眼，甚至不確定自己是否聽錯了，猛然轉向吳宛怡。「妳把志願填到曙光高中？」

她抿著嘴，動作很輕，表情卻很堅定的，點了點頭。

「廢物！」她爸狠狠地摑了她一巴掌，紅通通的掌印在她雪白肌膚上更顯駭人。

「義智不要這樣！」我媽一個箭步向前，將吳宛怡護在身後。「會不會是系統搞錯了，我們再去申請複查好不好，你不要動手。」

空氣凝結，始終低著頭的吳宛怡不疾不徐地開口。「不用查了，我就是把曙光高中填到第一順位沒錯。」她話一說完，便奪門而出，留下了錯愕的我們。

她爸拿起身旁的花瓶用力往牆壁上砸去。「跟她媽一個死樣子，垃圾，讀那種爛學校對得起我嗎？」

媽媽趕緊蹲下身來收拾碎片，我看著那張令人厭惡至極的臉說：「不管怎樣那都是她的選擇，未來也是她的，沒有對不起誰的這種事。」

「妳這個靠我養的閉嘴，我花那麼多錢給她補習，她沒上女中就是對不起我。」

「她讀書根本不是為了你。」我一把搶過他手中皺得像是團廢紙的入學通知，離開前再丟下一句話。「一切都只是為了那被你逼死、她最愛的媽媽。」

看見了他臉上閃過的震驚，但是我並不感到愧疚，對於他長久以來對我和我媽的言語羞辱，這不過小菜一碟。

街道上不見吳宛怡的身影，踩著輕鬆的步伐，我知道在哪裡可以找得到她。

「為了一個根本不認識妳的男人，放棄了大好前途，妳真夠猛的。」輕輕搭上她的肩膀，我輕笑。

我們站在樂器行前，凝視著玻璃窗內的大男孩們，這裡是『Healer』的固定練團室。

「我真的很愛王睿。」她語氣堅定的直視前方。

已經不是第一次聽到她的告白，卻還是頭一次見到她這麼堅決的樣子。「好吧！妳的瘋狂是我到達不了的境界。」

「妳還不是為了周紀緯選讀曙光高中。」

「我成績本來就很爛啊！讀那裡剛剛好而已。」我笑著說。

吳宛怡親暱地勾住我的手臂。「妳還沒跟我說為什麼妳會那麼喜歡周紀緯耶！」

「因為他是天使，是我活著的勇氣。」

「小姐，這個答案非常浮誇。」她搖頭，摀著嘴竊笑。

視線在夕陽下交會，我們都懂。旁人眼裡不可思議的迷戀，都是我們初夏綻放的愛情。

很愛很深刻，放在心裡，羈絆著一輩子的愛情。

摘星計畫。

「第一名獎金一百萬，唱片合約一張。」林尹高舉著手中海報，興奮地衝進練團室。

「在哪裡比？」王睿放下手機，走到他身旁。

「臺北。」林尹垂下雙肩，大大的嘆了一口氣，對於十六歲的我們來說：臺北，就像是另一個世界那般遙遠。

我們沉默相望著，最後王睿目光對上了我，有一種可能在我們之間萌芽。那是一種堅持，也為了夢想，不願為距離妥協的，倔強。

「走吧！」揹起電吉他，我率先走出練團室。

「去哪？」林尹追了上來。

「拿著你的貝斯。」我轉過身對他們眨了眨眼。「我們去籌到臺北的錢。」王睿臉上的笑容是那樣的真切，我和他之間的默契就是這樣，他心裡敢想，而我敢做。

「可是我們現在要去哪裡？」始終沉默的孟遠開了口。

挑眉，我嘴角上揚。「跟我來，帶你們去我加入 Healer 之前，混飯吃的地方。」

我還會遇到于沫晨嗎？

如果這一次我們再相遇，說什麼我都一定會留下她的聯絡方式。

然而那一天，我並沒有遇見于沫晨，孟遠倒是碰上了傳說中折斷兩雙鼓棒的女孩。

一頭鐵灰色的俐落短髮，貼身的皮褲和內在美若隱若現的上衣，她跟我想像中的很不同。

我曾經在腦海裡幻想過孟遠前女友的樣子，應該是有氣質的乖乖牌女學生，萬萬沒想到是這般充滿個性的叛逆女生。

她站我們面前，不發一語的盯著孟遠猛瞧，目光炙熱地令站在孟遠前的王睿感到十分尷尬。

隔著墨鏡，我仔細觀察著，她眼裡最深沉的情緒不是恨，而是濃到化不開的思念。

沒錯，她很想念孟遠，就算頑固的眼淚沒有奪眶，她耳後的『孟』字刺青，早已洩漏了祕密。

「接下來我想唱一首不在我們歌單裡的歌曲。」趁著空檔，王睿借了我放在一旁的木吉他。「這是一首男孩在失去最愛的女孩時，寫出來的歌。」

非常簡單的編曲，只用到CDEF四個和弦，卻惹哭了現場的所有人。

「妳說要走／我知道是任性成分太多／妳說恨我／我知道是我自找罪受

可是我愛著妳／該跟誰說

曾經為妳撐傘的雨／卻變成最後記憶／說過不會再讓任何人欺負妳

卻讓妳失望傷心／可是我還愛著妳／該怎麼告訴妳。」

女孩顫抖的雙手止不住奔騰淚水，偷偷瞅了孟遠一眼，我想那首歌是他寫的。

王睿有一副會說故事的好嗓音，直白的歌詞，卻唱進了我們心坎底。

「我真的愛妳／所以願意失去／妳會遇到比我更好的人／就算心碎／我還是會

笑著跟妳說再見。」

歌曲的最後，王睿把副歌留給了孟遠，粗啞的聲音訴說著他冷酷外表下的脆弱。

「要不要聊聊，就像老朋友一樣。」

王睿走到那女孩身旁，輕拍著她的肩膀。

「好久不見了，曉華姊。」

Healer的第一場街頭演出，就這樣，開始於衝動，結束於感動。

「所以你們都認識孟遠的女朋友？」回到練團室，我邊喝著汽水邊發問。

「嗯，她跟孟遠是姊弟戀，也是一個很厲害的刺青師。」林尹漫不經心地說著。「她超正又超辣，孟遠跟她分手，簡直發瘋。」

原來她是刺青師，跟她的外表還真吻合。

「既然孟遠那麼愛她，幹麼要分手，因為那個不能交女朋友的規定嗎？」我直覺望向王睿，有一種感覺，覺得這個爛規定就是他這自以為是的傢伙定的。

他一臉無辜地捶了我一拳。「你看屁啊！規定是孟遠自己定的，女朋友也是他自己甩的。」

「是喔！」聳聳肩，我偏頭，不斷回想剛才他們兩個淚眼相望的畫面。

「我猜導火線是因為孟遠休學跟我們組團吧！畢竟曉華姊比他大，一定是覺得他的決定太荒謬了吧。」林尹收起玩世不恭的笑意，拿出孟遠櫃子裡的資料夾。「我們以前的歌都是他跟王睿寫的，自從分手後，就沒聽過他再寫新歌了。」

「對啊！他這叫做創傷後壓力症候群！」王睿輕輕一笑。

不再說話，我拿起彈片準備練習，卻又想起了于沫晨。

如果有一天我追求她，卻像孟遠一樣沒有時間陪伴她，她是不是也會負氣離開我呢？

「于沫晨！于沫晨！」放學時分，吳宛怡興高采烈地追上我，老實說看著她穿上曙光高中的制服，我心中還是有股不踏實感。

都已經入學半年了，我們可是連王睿、周紀緯的影子都沒看見。

如果一直到他們畢業了都沒有進展，吳宛怡真的不會後悔嗎？

「妳找我幹麼？」

「我跟妳說喔！Healer 每個星期日都會在火車站公開表演。」

「真的嗎？」那不就是我遇見周紀緯的地方嗎？

「嗯！他們在籌去臺北比賽的經費，我們去幫他們加油好嗎？」

「當然好！」只要能見到周紀緯，怎樣都好。

說來也很妙，我們明明是 Healer 的後援會，卻始終沒有跟他們正面接觸的機會，聽說是他們團長孟遠規定的，不准他們與女粉絲私下來往，避免誤會及麻煩。

雖然會員們對這樣的規定感到憤憤不平，我卻是舉雙手認同，也因為有這麼嚴格的標準，Healer 才能一直心無旁騖地玩音樂吧！

「沫晨，妳有夢想嗎？」吳宛怡沒頭沒腦突然蹦出了一句話。

「沒有。」思考了一會兒，我回答。「大概就是陪周紀緯一起進到小巨蛋吧！」

原以為會招來吳宛怡一陣訕笑，沒想到她只是輕笑了一聲。「跟我一樣，我也只想看到王睿在臺上發光發熱，我們兩姊妹怎麼那麼沒志氣啊！」

我伸了個懶腰。「也許有那麼一天，我們可以從姊妹變成妯娌。」

「但願那一天快來。」

話說，雖然讀了一所不需要好好念書的學校，吳宛怡依然在每一天下課後到補習班報到，她說：「我的興趣是讀書啊！這間學校的人都不讀書，我只好去補習班讀。」

好學生的思維我真的不懂，也不想懂。

「沫晨，妳今天放學可以去買明天運動會的哨子嗎？」目送著吳宛怡離開，迎面而來的是我們班班長。

「好啊！一樣是去火車站前的書局嗎？」

「對！錢我幫妳裝在一起了，那就麻煩了喔。」班長說得又急又快，可能又要去約會了吧！

如果有一天我也能跟周紀緯一起約會該有多好，就算哪裡都不去，只要能靜靜地在一旁看他彈吉他，我就心滿意足了。

一踏進書局，就聞到記憶裡從未改變過的氣味，那是每一間書局都有的特別香氣。

明明不懂音樂，卻老是喜歡往樂譜的陳架走去，多希望每看一點，就能多了解一點周紀緯所在的世界。

「《彈指之間》。」拿起架上的暢銷書，我低聲呢喃。

「妳想學吉他嗎？這本很適合初學者。」陌生的聲音從背後響起，他伸手拿了一本我身旁的樂譜。

回過頭，我總覺得那張臉很熟悉，卻又說不出是在哪裡看過他。

「林尹！」長相甜美的女孩衝了過來，快速擋在我和他之間。

原來是林尹！難怪我覺得他很眼熟，那麼我面前這個氣呼呼的女孩，想必就是他的女友吧！

「妳不是說有事在忙，要我等妳嗎？」

林尹露出痞痞的笑容，他很帥，Healer 的歌迷都戲稱他是笑起來要人命的男子。

以前我和吳宛怡都覺得這樣的稱讚很浮誇，但是終於近距離見到本人，才發現此話不假。

今天回家一定要立刻告訴吳宛怡。

「那你也不可以把妹啊！」女孩嘟起嘴直勾勾地望著林尹，我很識相地將樂譜放回書架上，倒退了幾步，準備離開現場。

怎知道他竟然拉開嗓門大喊。「這本書真的很實用啊！學吉他是很棒的事，不要猶豫啊！」

我對上了那女孩凶惡目光，一臉尷尬地走到他們面前，拿起了剛才翻閱的《彈指之間》。

什麼跟什麼啊！我根本不打算買它啊！簡直就是強迫購物了！

「我又沒有吉他，買這個回家墊泡麵是不是啊！」越想越覺得莫名其妙，我將哨子狠狠地丟進購物籃裡，嘴上仍是不斷碎念。

「我要是妳，不想買的話，就會隨便丟在一個地方，假裝沒這回事。」耳邊又響起了一道男聲。

這個聲音是……

「周紀緯！」我快速旋過身，果然是我朝思暮想的身影。他倚在櫃子旁，嘴邊還掛著淺淺的笑意。

「我幫妳解決這個麻煩吧！」他接過我手上的書，轉身離開。

我小跑步追了上去，這次說什麼都要跟他多講幾句話。

「你怎麼會知道我不想買這本書？」

「因為我注意妳很久了。」

那一瞬間，我的心臟停止跳動，他竟然注意我很久了！

「我是說妳從走進書局就開始自言自語，所以我一直在注意妳是不是中邪之類的。」說完，他笑了出來。

此刻我的臉，大概比熟透的番茄還紅吧！

有夠丟臉。

「我才、才沒有中邪。」

「開玩笑的啦！我只是很驚訝妳會走到樂譜區，我一直以為妳會出現在愛情小說那邊。」

「我不喜歡看愛情小說，那些都是假的。」聳聳肩，不以為然。

「喔？」周紀緯挑眉，直直望著我。「我最近缺乏寫歌靈感，但是卻突然發現了，靈感就站在我面前。」

我微笑地望著他，輕聲地說：「哪裡？」

「妳。」伸出食指，他抵住了我的額頭。「願不願意賞臉跟我一起喝個飲料，然後談談妳的愛情觀？」

「單獨？」我的心跳再次失控。

「如果妳覺得困擾，我可以約林尹和他曖昧對象一起。」

一想到那女孩一副要置我於死地的樣子，不自覺地打了個冷顫，我大叫。「一點也不困擾！我就是只想跟你單獨兩個人。」

有瞬間我看見了他詫異的表情，不過很快就被收起來了。「那真是太好了！我知道這邊有一間很棒的咖啡廳。」
「會不會很貴啊？我身上只剩一百塊。」我拉住他的衣袖。
「放心！我會請客的。」
他俏皮眨了眨眼，然後輕輕牽起我的手，朝著前方的咖啡廳走去。
我真的是史上最幸運的女高中生！先是巧遇偶像不說，等等還要跟他去喝咖啡，最最最要命的是，他現在正牽著我的手！
換成是吳宛怡的話，她絕對會直接死在這裡。

「所以妳真的跟周紀緯去約會？」吳宛怡丟下碗筷，放聲大叫。
「噓！妳給我安靜一點，不要讓我媽聽到。」我用力摀住她的嘴。
「那妳有沒有留他的 LINE？」
「有。」我害羞點了點頭。
吳宛怡瞇起眼，好似羨慕又不懷好意的笑著說：「快點把到他，讓我也可以跟王睿來一點什麼接觸啊！」
「可是他好像……」失落感襲上心頭，我緩緩地放下手機。「沒有要跟我進一步認識的意思。」
輕嘆一聲，我夾了塊紅糟肉到吳宛怡碗裡。
「不想認識？他幹麼還給妳 LINE？」

「不好意思拒絕吧！畢竟我的反應真的太誇張了。」

她就坐我面前，不自在地把玩著吸管。

「我們現在應該要先自我介紹對吧？」我先開口。

她抬起頭，我很喜歡她的眼睛，那是一雙所有心事都藏不住的靈活大眼，而此刻她的眼睛告訴我。「你先講啦！」

「我叫周紀緯，是妳喜歡的那個樂團，新加入的吉他手，興趣是彈吉他、專長也是彈吉他，最大的夢想是站在武道館上開一場演唱會。」

「其實我對 Healer 沒有什麼特別的感覺，會喜歡他們，純粹是因為你在裡面。」沒想到會聽見這樣的回答，我嘴角上揚。

「妳真的是我的頭號粉絲。」眼角餘光看見她的首飾，其中一個配件，是我送給她的第二個彈片。「也是一個很會做工藝品的女生。」

「做小飾品是我的興趣，可惜我沒有什麼專長。」她笑起來左邊有一個深深的酒渦。

「我叫于沫晨，泡沫的沫。」

我接著說：「清晨的晨。」

她瞪大雙眼，看起來像極了一隻小狗，還是非常可愛的那種。

「其實第一次見到妳的時候，我就記住妳的名字了，因為好聽到不像真名。」

「我也覺得我的名字好聽得不可思議，這是我爸取的，簡單的三個字，卻是代表了他們愛情。」輕輕攪拌飲料，她的眼裡閃過一絲失望。「雖然都過去了啦！」

「抱歉！請問他們是離婚了嗎？」

「我爸過世了，在我很小的時候。」她臉上沒有任何波瀾，語氣也是平淡得像是在說著，天氣真好。

我尷尬地咳了幾聲，試圖舒緩因為我開口詢問而破壞的氣氛。

「不用覺得抱歉，我很好。」她笑了。

「那我們來聊聊妳的感情觀吧！我想寫一首以女生視角出發的情歌。」

聊天的過程很愉快，也許是因為她的家庭背景，讓她不相信愛情，也或許是因為她還不懂什麼是愛，所以才可以如此堅定地說著。

「愛情小說裡的故事都是假的，刻骨銘心都只是想騙人眼淚而已。」

「也不盡然是這樣，不過如果有一天我遇到了真正的愛情，會第一個告訴妳。」我這麼說道。

「喔好啊！那你的 LINE，給我吧！」

我怎麼也沒想到自己練習了上百次的句子，會被她如此輕易地說出口，她伸長了右手，等待我交出手機。

愣了幾秒，我輕輕地把手機放到她的手心裡。

她似乎因為我的遲疑而感到些許不自在，揚起微笑，我說：「沒想到妳會主動留我的聯絡方式。」

而我也偷偷在她手機裡埋下了，我們下次見面的伏筆。

「唉喲！看你那個白痴的笑容，戀愛了喔？」林尹笑著走進練團室，脖子還圍了一條非常女性化的圍巾。

「戀愛你媽！我拜託你收斂一點，到底要同時劈腿幾個女生啊？」我睨了他一眼。

「欸！不要含血噴人，才沒有劈腿，我從來就沒有說她們是我的女朋友，所以你只可以說我是女性朋友很多而已。」

「真是讓人不敢恭維的愛情觀。」搖頭，我繼續埋首於剛才被打斷的新歌歌詞。

「今天我在書局看到一個很漂亮的女生，原本想搭訕她的，沒想到小美就給我硬生生的殺了出來。」看見林尹一臉惋惜的樣子，我胸口突然一陣煩躁。

「她是我的粉絲，還有……」我抬起頭，冷冷地說：「你也不是她的菜。」

林尹臉上不協調的扭曲，像是在暗示我些什麼。

「我剛剛是不是聽到粉絲什麼的？」王睿笑著湊到我身邊，一把抽走桌面上的歌詞。

「難道我們帥帥吉他手跟粉絲在偷偷交往嗎？」

「想太多。」翻了他一個白眼。「管戀愛先管那個傢伙吧！看看他的圍巾。」我伸手指向在一旁等看好戲的林尹。

「于沫晨！于沫晨！去你的于沫晨！」假日美好的早晨，全毀在吳宛怡的奪命撞門聲。

揉揉雙眼，我朝門口大吼。「幹麼啦！」

「妳假日調什麼鬧鐘啦！」她用力踹了我的房門，之後門外便是一片寂靜。

「瘋婆子！鬼才調鬧鐘。」輕輕翻了個身，我拉起棉被。通常呢，假日不到下午，我是不會起床的。

好不容易放假了還早起，那豈不是太對不起假日的存在了嗎？

幾秒後，枕頭下隱約傳來的音樂聲，讓我毛骨悚然。「不會吧……鬼真的調我的鬧鐘……」

我坐起身，將右手緩緩地伸到枕頭底下，伸進去、收回來、伸進去、再收回來。

最後受不了折磨地一腳踢飛枕頭，讓那疑似被鬼操控的手機來個見光死。

沒想到映入眼簾的，卻是大大的字樣寫著。「今天是周紀緯十七歲生日喔！」

「該死的！這是什麼東西！」趴在手機前，我久久不能自已。

這絕對不是我設定的，因為我，根本不知道他哪時候生日。

難道是吳宛怡？

不可能，如果是她設定的，沒道理對著我的鬧鐘聲發飆啊！

不然會是誰？

「不可能是他……」腦中閃過了出現在我夢裡千萬遍的男孩，還是我該打給他問問？用這件事當理由感覺再適合不過了！

此時的我已經忘了剛才的害怕，取而代之的是雀躍的心情。我煩惱了三天不知道該怎麼主動聯絡他，現在機會就直接擺在我面前。

鈴響不到三聲，他便接起來了。「喂——」

「早安！」我興奮地摀住手機，深怕他聽見了我的尖叫聲。

「早安，怎麼會打給我呢？」他的語氣很溫柔，似乎不討厭我的來電。

「說來話長，請問你是今天生日嗎？」

「是的，那妳要跟我一起吃個飯嗎？」這句聽起來很順，但又覺得哪裡怪怪的。

「當然好啊！」算了，我管他的，就算他今天生日跟約我吃飯根本一點關係都沒有，我都無所謂。

在偶像面前，千萬不能有節操，這是迷妹的教戰守則第一條。

「那我們就約下午一點吧！我現在要先去練團。」

「好，那我去樂器行附近等你。」

「妳知道我們在哪練團？」他很驚訝。

我聳聳肩，一臉得意。「對一個頭號粉絲來說，知道這個不算什麼。」

他笑了，那爽朗的笑聲感染了我。「我很棒吧！」

「超棒！對了不要帶禮物給我，能跟妳一起過生日就是我的禮物了。」旁邊傳來其他人的聲音，他便匆匆的掛上電話。

掛掉電話，我躲進棉被裡，放！聲！大！叫！

然後再以迅雷不及掩耳的速度化妝打扮，接著飛奔到吳宛怡的房間。

「靠！于沫晨妳要出運了！」吳宛怡使勁拍打著自己的雙頰，或許是這一切太如夢似幻了，她還伸手捏了我的右臉頰。

「很痛啦！」

「會痛就是真的了。」精神恍惚的她，緩緩走到書桌前，拿起王睿的照片悲壯地說。

「什麼時候我也能跟王睿有這般的相遇呢？」

看著她失落的背影，我走向前。「如果老天爺不助妳，我們何不自助呢？」

「什麼意思？」

「竟然這世界上的巧合那麼多，就算我們是演出來的，王睿也不會發現吧？」我嘴角揚起了一抹邪笑。

一生中相遇的幾率是：

二九二○○○○／七○○○○○○○○○○○＝○•○○四一七。

機率可以很低，但是鬥志不行，就算別人會覺得吳宛怡是心機女，我也要想辦法把她推到王睿的身邊。

結束團練，我飛快地收拾東西，朝大門走去。

「紀緯！今天你生日，要不要一起去吃飯？」開口的是一向最沉默的孟遠。

我回過頭，沒有猶豫。「抱歉有約在先了，明天再一起吃，好嗎？」

孟遠爽快地點頭，沒有要攔我的意思。邁開步伐，我看見了站在不遠處的于沫晨。黑色紗裙搭配的白色削肩上衣，咖啡色長髮綁成了日系丸子頭，她很亮眼，在人群裡我一眼就能認出來。

她身旁還站了一個女孩，看她們表情像是在討論著什麼嚴肅的事情，坦白說我不太高興，因為我只想跟她單獨相處。

那女孩先發現了我，她對我使了個眼色，便匆匆帶著于沫晨離開。我正疑惑地想大步追向前，王睿卻叫住了我。「紀緯！」

「幹麼？」

「這是我們買給你的生日禮物，看你那條背帶都快破了，我們就集資買了這條，有點貴，記得珍惜。」他的「有點貴」加重了音節，我知道，不是有點，這個牌子的肩帶應該是「很貴」才對。

「謝謝！我不知道你們會記得我生日，還送我這麼好的禮物。」感動在心底發酵。

他笑著輕拍了我肩膀。「廢話，我們是兄弟耶！不要在這邊像娘砲一樣，說這些噁心話，不是有約了嗎？快去啦！」

說完，他便朝著我的反方向走去，而于沫晨也從一旁的小巷子走了出來。

「嗨！」剛才她身旁的女孩不見了。

「妳朋友呢？」

她微愣，接著露出燦爛的笑容。「她是我妹妹啦！她『有事』先走了。」不確定是不是自己多心，總覺得她說那句有事時，臉上閃爍著異常的興奮感。

「那我們走吧！」我走向她，伸手想接過肩背包。「我幫妳背吧！」

她雙眼直視著我，抿了抿嘴，才緩緩開口。「那我可以背背看你的電吉他嗎？我們交換。」

「是可以啊！只是很重喔！」

「不要看我瘦瘦的，力氣可是很大的！」獲得了我的同意，她就像孩子一樣手舞足蹈地接過我的電吉他，我也背起了她的肩背包。

如此突兀的東西在彼此身上，在別人眼裡我們儼然就是一對戀人吧！

戀人？我想我會喜歡這樣的關係的。

「上次我們聊完之後，有帶給你滿滿的靈感嗎？」于沫晨猛然抬起頭，視線交會的那瞬間，我喜歡妳這句話，幾乎要脫口而出。

撇開視線，我說：「有，找一天我唱給妳聽。」

她將目光拉回前方，哼著不成調的小曲，腳步輕快地走著。「你知道我在想什麼嗎？」

「不知道。」

「我在想，下一次可以再見到你的理由。」她停下腳步，含情凝睇地望著我。「這麼說你可能會覺得很困擾，但是我很喜歡你，所以當我聽到自己可以給你靈感時，幸福到快要死掉了。」

我愣在原地，腦細胞停止運轉，為什麼這個傢伙，總是能輕易地說出我開不了口的話。

「妳說，妳喜歡我？」

「對啊！我知道你們不能談戀愛，所以更可以肆無忌憚地愛你，不用怕哪一天突然蹦出了一個女生，然後你就變成她的了。」她的語氣很真實，眼神那股喜悅也不是假的。

看著這般認真的神表情，我想笑。「妳知道我們的前吉他手為什麼會退團嗎？」

「因為他交了女朋友。」她很順口接著說道，然後臉上的表情就由開心瞬間轉為震驚。「難道你也會……為了女朋友放棄夢想？」

「難道妳不覺得女朋友跟夢想相牴觸時，要為了女朋友的安全感負責嗎？」我彎腰湊到她面前。

「如果她真的愛你，就應該要支持你的夢想。愛上一個追夢的男生，忍受孤單不是最基本的嗎？況且這世界那麼大，怎麼可以因為一段感情，就放棄了所有支持喜歡你的人呢？」她激動地搖頭，眼淚就快要奪眶而出。

「如果你真的對自己的夢想那麼滿不在乎，我現在就不要喜歡你了。」她脫下背袋，將電吉他摔到我的懷裡，一把搶過自己的背包。「我再也不要喜歡你了！」

沒料到一句玩笑話會讓她反應這麼大，我拉住她的手。「我開玩笑的。」

背對著我，從抖動的雙肩看來，她在哭，而且是難過的那種。帶著既心疼又感動的心情，我走向她。這就是我所想要的，女朋友。

「我不會為了女朋友放棄夢想的，剛才只是逗妳玩的啦。」溫柔地將她身體轉向我。

「真的？」她吸了吸鼻子，眼底滿是懷疑。

「嗯，因為我的女朋友會是一個比任何人都支持我追夢的人。」輕輕地替她擦去眼角的淚水。「如果我放棄了，她就要不喜歡我了。」

周紀緯是在說什麼？他有女朋友了是嗎？我要失戀了嗎？

可是他捧著我的臉頰，眼神是那麼溫柔。

「我喜歡妳，只是害怕有一天妳會因為覺得我沒時間陪妳而離開我。」

「你也喜歡我？」

「對！在第一次見到妳的時候，我就愛上妳了。」

「可是你們有規定不能交女朋友。」

「我管他的。」聳聳肩，他根本不把那個規定放在眼裡。

我思索了幾秒，小聲地說：「那我們偷偷交往好嗎？」

「偷偷？」他臉閃過陰沉的表情，讓我不禁打了個冷顫。

點頭，我湊到他耳邊。「就當作預習你未來變大明星之後，我們要一直躲狗仔的日子。」

「可是我想告訴大家，妳就是我的女朋友。」他突然伸手將我摟進懷裡。「也想跟大家說，我是妳的。」

這樣就夠了。

不需要你光明正大的昭告，我只要你的心。

不害怕和其他人共享你的魅力，我只要你發光發熱。

「我不需要你一直陪伴，也不用你悉心照顧，我只想陪你一起站上武道館。」伸手，雙手牢牢鎖在他的腰間。「你說生日不需要禮物，看來我就是一個最好的禮物了。」

親親我的額頭，他笑著說：「真的，以後的八十個生日，我都要妳這個生日禮物。」

「那有什麼問題，你活到幾歲，我這個禮物就陪你到幾歲。」

那年春天，十七歲的周紀緯，預約了十六歲于沫晨的八十年。

隔年十八歲時的周紀緯，也預約了十七歲的于沫晨。

只可惜，身處在時光裡的他們不會知道

十八歲時的于沫晨。

會再也等不到十九歲的周紀緯。

「妳醒了！」媽媽憔悴的面容映入眼裡。

我困難地朝她招手，媽媽蹙著眉向我靠近。「我要找紀緯，媽媽我要找紀緯。」

她臉上閃過一絲驚慌，趕緊按了醫護鈴。

「紀緯被送去另一個醫院，等妳好了，媽媽就帶妳過去看他。」

「他還好嗎？」

「沒事！他很好！不用擔心！」媽媽背過我，走出簾幕外。「我去找醫生，告訴他妳醒來了。」

「人沒事就好。」卸下了心中大石的我試圖坐起身，稍微用力，傷口就滲出了一點血，吃力地按下遙控器。

「要是他們傷到手怎麼辦。」翻身找了找，發現我的手機不在包包裡。「是媽媽拿去了嗎？」

電視畫面停在新聞台，忍住疼痛使勁抬起頭，然而眼前的一切，卻瞬間摧毀了我的世界。

昨晚國道三號發生重大車禍，疑似因車速過快、司機疲勞駕駛打瞌睡，造成火燒車意外，目前五人皆已送往臺北市立維安醫院，已確認四人罹難、一人輕重傷，真正肇事原因警方正調查中。

讓我永遠也無法釋懷的，是跑馬燈下罹難者的名字。

……周●緯 十九歲、孟● 二十歲、林● 十九歲……

用力扯下手上的針頭，雙腳還裹著石膏，疼痛阻礙了行動，我顧不得大量滲出的鮮血，直奔急診室。

急診室內崩潰痛哭的中年婦女癱軟在警察懷裡，是孟遠的媽媽。

記者們蜂擁而上，閃光燈不曾停過，病態般的犀利提問，無關乎是否殘忍。

我不發一語的越過人群，撞上了那擠不進人群裡的菜鳥記者，他似乎看見了我身上的紗布，狂喜。「攝影大哥！她是那個倖存者，快！拍她！」

「妳會害怕嗎？」

「為什麼只有妳一個人活下來？請問妳是怎麼辦到的？」

「妳知道同車的人都喪命了嗎？」

驚慌失措的我被殘忍又無恥的問題包圍著。

大夥你一言我一語，猛力刺激著，虎視眈眈地等待著我崩潰的瞬間。雙肩不停地顫抖著，用力摀住耳朵，我在人群裡蹲了下來，鮮血染紅了急診室的純白磁磚。

「離開！通通給我滾出這裡！」醫生推開人群，怒吼。

他蹲下身，一把抱起我。「不用怕，我是醫生，不會傷害妳的。」

疲憊不堪的我閉上雙眼，闔眼前，用極盡絕望的聲音說道。「醫生，請你不要救我，我要去找周紀緯。」

為什麼？究竟為什麼？

「為什麼要救我？」這已經是不知道第幾次，我在這充滿消毒水的病床上醒來。

每當我想起車禍事發的情景後，沒有一秒不想去死。

一張開眼，濃烈的罪惡感侵襲著心臟，一吋一吋，腐蝕著我幾乎消失的求生意志。

「妳走了媽媽要怎麼辦？」我凝視著媽媽一夜斑駁的白髮，心如朽木。

「吳宛怡會好好照顧妳的，反正她男朋友現在是大明星了。」想起那令我厭惡的名字，胸口一陣抽痛。

「沫晨，媽媽求妳好好活下去，要是紀緯還在的話，他也不想看到妳把自己搞成這樣的。」媽媽跪在病床邊，顫抖的雙手握不住我。

一想起周紀緯，情緒失控，我掃過手邊的東西，放聲大叫。「我就是要他看看，他為什麼要救我，把我一個人留在這世界做什麼，他走了！我的世界通通被他帶走了！什麼都沒有了！」

媽媽攬住我，像是要把我掐進她身體裡。「妳還有媽媽啊！」

我恨周紀緯，恨他在車子起火前的關鍵時刻，奮不顧身將我推出車外，在車子爆炸的一瞬間，他只是大喊。「沫晨！快跑。」

我恨他，在死亡面前，連一句我愛妳，都沒能留給我。

「媽！活下來的應該是紀緯啊！他有大好的前途、還有美好的夢想，如果他不要救我，他是來得及逃的，他是可以活下來的……」

整顆心被掏空，我只能藉由不停哭泣來表達我對他最深刻的思念。

「紀緯救妳，是因為他愛妳，所以媽媽拜託妳，為了他好好活下去好嗎？」

我環住媽媽的背，偷偷伸長了手，拿起桌上的銀色物品。「媽，我是真的很愛妳，也很感激妳辛苦拉拔我長大。」

左手扶著她的肩頭，我們之間隔出了一道短短的距離。「我愛妳，可是我真的承受不了。心愛的人死在自己眼前的折磨，還有那些罪惡感，如果不是我鼓勵他們去臺北參加比賽，孟遠和林尹也就不會死了。」

「這一切都是命，跟妳沒有關係。」

「有關係，他們都是我害死的，全部都是，他們通通都是被我害死的。」沉痛地閉上眼，我舉起右手的水果刀，狠狠地往喉嚨刺、深深地往死裡刺。

眼前終於出現一道白光。

紀緯，我來了，我們約定過的。「周紀緯在哪裡，那裡就一定會有于沫晨。」

孟遠、林尹，我來了，我說過會永遠當你們的助理兼經紀人。

說到做到。

「醫生，她一心求死，我真的無能為力啊！」眼前這個婦人，我對她印象很深刻，前陣子在急診室裡救了一個被媒體包圍的女孩，就是婦人的女兒。

「但是我們並沒有診斷出病因，這樣是不能住院的。」

「她都在我眼前割喉了，怎麼會說沒病？」婦人猛然跌坐在地上，斑白的髮絲，全是為了女兒擔心的證據。「我跪在地上求你，我拜託你！」

「好，我會安排她再做更精密的檢查，檢查的期間就先讓她住一般病房療傷吧！」

「謝謝！謝謝！」我看著老淚縱橫的婦人，鼻頭一酸。

婦人其實不忍心與女兒分開，只是太過擔心她再做出傷害自己的事情。

于沫晨就像是一個沒有生命的洋娃娃，長相精緻，卻看不見她的靈魂。

周紀緯心疼摟著婦人的肩膀，望向躺在加護病房裡的于沫晨，痛苦將他淹沒。「妳這樣我看了真的很心痛啊……」

于沫晨對上了周紀緯的深情雙眸，輕蔑地笑了。「你心痛？會有比我痛嗎？」

他挫敗地垂下眼。「都痛，所有無辜的人都痛。」

「創傷後壓力症候群，自殺高風險。」

我將住院同意書遞到于沫晨和她媽媽面前。

「只要沫晨住院，你們就會保護她的，對吧？」

「是的，我們會全力保護與治療于小姐的。」點頭，我的視線落在遠處。

周紀緯先是詫異地瞪大了雙眼，隨即失笑，他走到于沫晨身旁。「我差點以為他發現我們的祕密了。」

「只要保密，你就會待在我身邊了對吧？」于沫晨輕撫著脖子上深深的傷疤，在心裡說著。

「嗯，只要妳好好的，我就哪裡也不去。」周紀緯牽起她的手。

「好，我會為了你好好的活著。」

「沫晨，我真的很愛妳。」

「我也很愛你。」眼淚無聲地滑落。

我看見了于沫晨臉上的情緒轉變，微笑道。「于小姐是看到什麼還是想起什麼了嗎？這樣很好，想哭就哭出來，我相信妳一定可以好起來的。」

于沫晨匆忙抹去淚水，從住進精神科病房的那天起，就再也沒有人見過她說話。

第三章

「沫晨今天情況如何？」我穿整了長袍，站在護理站，凝視著于沫晨的背影。

「報告溫醫師，還是老樣子，不與他人對話、對周遭事物沒有反應、倒是自理能力進步許多，已經可以獨立活動一整天。」護理師搖搖頭，輕嘆了一聲。「說來也很可憐，一個漂漂亮亮的年輕女孩遇到了這種事。」

「是啊！而且她已經定時定量吃藥五年了，怎麼還是這個樣子。」身旁的人附和著。

皺了皺眉，我冷聲說道。「妳們應該都知道討論個案私事，是護理大忌吧？」

她們點點頭，各自回到了工作崗位上。

走出護理站，這裡的每個人都活在屬於自己的世界，時而傻笑、時而哭泣，只有于沫晨不一樣，她沒有情緒，就像是一個陶瓷娃娃，美麗卻沒有生氣。

「沫晨，今天有吃藥了嗎？」悄悄地走到她身旁。

「醫生在叫妳，妳好歹也跟他點個頭吧！笨蛋沫晨。」周紀瑋無可奈何地伸手，輕輕推了她的頭。

她仍是直視著窗外的景色，不言不語，卻動作很輕地點了頭。

笑了笑，我在于沫晨的病歷上寫下了幾行字，離開前，不忘把紙條塞進她手裡。

「妳妹妹又來看妳了喔！」

她將紙條揉爛，輕拍我的肩膀做為回應。

「妳怎麼了？」

于沫晨依舊沉默，只是將紙條放進了我的手心裡，接著轉身離開。

就在她轉過身的瞬間，我瞥見了她眼角的淚水，沒有上前關心與詢問，只是揚起淡淡的笑容，在病歷上寫了幾行字。

「個案已有情感反應。」

「都過那麼久了，妳就去見見宛怡吧！」周紀緯使勁擦去于沫晨臉上的淚珠，不過都只是徒勞無功罷了。

于沫晨只是哭，無聲的哭泣，張大了嘴想叫，卻連一絲絲氣音都嫌困難。

「沫晨妳不要這樣，我看了真的很難受。」

周紀緯伸手將于沫晨緊緊地擁在懷裡，眼淚奔流而下。

不遠處走過來的實習護士，蹙眉，拉了拉身旁學姊的手說：「學姊妳相信陰陽眼嗎？」

「相信啊！妳看到了什麼是嗎？」學姊緊張地回握住了那實習護士的手臂，向她靠近。

實習護士搖頭，視線再次望向于沫晨。「就是沒有才覺得很奇怪。」

「其實我和于沫晨高中同校，要是沒有那場意外的話，她和她男友可能已經在準備結婚也不一定。」學姊長嘆了一口氣，往護理站方向走去。

實習護士揉了揉眼睛，直勾勾的望著于沫晨，像是在確認什麼一般。

沒有人知道她究竟看到了什麼，又或是發現了什麼。

沒有人，猜得到。

「溫醫師！我姊姊還是不願意見我對嗎？」會客室裡坐著一個打扮入時的年輕女孩，她失落地垂下眼，從包包裡拿出好幾瓶西瓜牛奶。「那麻煩請您幫我給她，這是她最愛喝的。」

我猶豫了一會，才緩緩開口。「吳小姐，其實沫晨這五年來都不曾喝過這個。每次護理師拿給她，都被她拿去廁所倒掉。」

「這樣啊！那你知道她愛喝什麼嗎？我現在馬上去買！」

我靜靜凝視著眼前的女孩，許久。「如果吳小姐不介意的話，願意跟我說說妳們之間究竟發生了什麼事嗎？也許這對沫晨的病情會有幫助。」

吳宛怡輕嘆了一口氣，語氣淡然地說：「那是發生在我們高中的事情了……」

和周紀緯在一起的祕密，我只告訴了一個人，那就是我妹妹。

「妳跟周紀緯在交往了？」

「嗯。」我紅著臉，心中飄飄然的。

「那他不就要退團了？」吳宛怡謹慎地關上房門，幾乎是用氣音在跟我說話。

「我們說好偷偷交往，不要告訴別人。」

「那就好，我還以為他會跟之前的吉他手一樣衝動。」吳宛怡把頭輕輕地靠在我的肩上。「雖然很羨慕妳，但是沫晨呀！妳真的可以忍受這樣偷偷摸摸的愛情嗎？」

「只要可以跟他在一起，不管是什麼形式的愛，對我來說都沒差呀！」

「也是。」牽起我的手，她在我的掌心上寫了幾個字。「這是跟別人借戀愛運的咒語，我跟妳借一半的運氣來追王睿。」

感覺就像是在搔癢，我笑著推開她。「都給妳！都給妳！不要再寫了。」

雖然我們很低調，可是戀愛的氛圍是藏不住的，更何況是和他朝夕相處的團員們。

那天我一如往常的，站在離練團室不遠的樹下等待周紀緯，已經超過他們練習的時間很久了，依舊等不到他的身影。

正猶豫著不知道該不該走到樂器行時，強而有力的手從後方摀住了我的嘴巴，奮力掙扎卻換來他越發猖狂的笑聲。「妳要是再掙扎，我就要給周紀緯好看。」

我立刻停下動作，一動也不動地站在原地。

手鬆開了，我轉過身，視線對上滿臉笑意的王睿。「嗨！妳就是周紀緯的女朋友吧！」

眼神閃爍著，我扯出一抹尷尬的笑容。「誰是周紀緯？」

王睿雙手抱胸，搖搖頭發出了嘖嘖的聲音。「喔！原來是他一廂情願啊！還在那嚷嚷著要為了妳退團，結果妳根本不把他放在眼裡。」

「他說他要退團？」我大叫。「他明明答應過我不會退團的。」

「妳不希望他退團好好陪妳嗎？」不知道從哪裡走出來的林尹對著我說。

我奮力地搖頭。「我不需要他陪，我只想支持他做所有他想做的事。」

「妳不吃醋他的粉絲越來越多嗎？」王睿逼近我。

嘟起嘴，我皺著眉。「不吃醋，因為沒有她們，就沒有現在的紀緯。」

「人帶出來吧！過關了啦！」林尹對著前方吹了聲口哨，招招手，孟遠勾著周紀緯緩緩走到我面前。

周紀緯掙脫孟遠，帶著滿滿的驕傲走來，一把將我攬進懷裡。「沫晨，我真的好愛妳。」

搞不清楚狀況的我只能輕輕攀上他的腰間。「到底發生什麼事了？」

原來是他寫的情歌裡洩漏了太多我們戀愛的足跡，還有我為他做的情侶手鍊，彈片上寫了我的名字，太多太多的線索讓我們的愛情曝光。

王睿和林尹對於我們戀愛的事情並不反對，訂下規定的孟遠說：「只要她能證明，不會影響我們樂團發展，我就沒意見。」

而我剛才的那番話，無疑是最好的證明了。

我只要紀緯夢想成真，其他的什麼都不要。

「周先生就是沫晨那個意外過世的戀人對吧？」

吳宛怡點點頭。「當年罹難的那三個男孩，全都跟沫晨很熟，所以她才會無法接受吧！」

「可是妳剛剛提到，他們樂團不是應該有四個人嗎？為什麼離開的只有三個人？」我的疑惑，像是狠狠地賞了吳宛怡一記大耳光，她撇開眼，一臉難堪。

她快速拿起名牌包，幾乎可以用落荒而逃來形容。「抱歉我接下來還有重要的事，我們下次再聊。」

「好，那請路上小心。」明顯感受到了她怪異的反應，但我明白每一個人都擁有保守祕密的權利，況且這個祕密看來也不是一時半刻就能解釋完的。

目送著吳宛怡離開，我才拿起于沫晨的病歷，按下院內的分機鍵。「李學長你好，我是精神科溫若仁，方便現在過去找你討論一下我這邊個案的復原狀況嗎？」

經過大廳時，我看了對著牆壁比畫手勢的于沫晨一眼。「該不會她？算了，怎麼可能！她都有按時吃藥啊！」搖搖頭，是自己多心了吧！

「透過X光可以清楚看見，她當初傷口雖然很深，但是並沒有傷及聲帶。」

「所以她不能開口說話跟她自殘是沒有關係的？」

「也不能這麼說，或許是因為那次割喉產生的心理障礙。」

「心理障礙……」我輕撫著下巴，蹙眉思考了許久。「謝謝學長，我知道了！」

走出診間後，我靈光乍現，再度折返。「學長我想再問你一個問題，于沫晨手術後的幾天，有沒有什麼異狀？」

李醫師歪著頭思索了一會，急躁地抓了抓頭髮。「她一醒來就對著空氣一直流淚，復健也不好好做，視線永遠都停在同一個地方，像有陰陽眼一樣，嚇壞好幾個同仁。」

我趕緊拿出筆記本，將李醫師說的話全寫了上去。「還有嗎？」

「當時她的檢驗報告顯示，她的失語症是由心理疾病引發的。可是五年過去，加上她一直不接受復健，或許是退化了也有可能。」

「我明白了，謝謝學長。」微微鞠躬，我轉身離開。

李醫師對著我的背影輕聲地說：「你真的做到了當初答應巧巧的事情。」

「開玩笑，我可是超人醫師耶！」我沒有回過身，只是揚起燦爛的笑容，揮手道別李醫師。

我們的生命中，或多或少都會因為失去珍惜的人而感到絕望，但我始終相信，為她好好活下去，才是最重要的事情。

「沫晨，妳男朋友說中午去頂樓等他。」下課時分，吳宛怡就喜歡跑來我們班，像黏皮糖似的，怎麼也甩不開。

「那請問妳跟王睿的戀愛進度如何？」我神態自若地翻閱著我們兩姊妹精心策劃的《王睿擒拿手冊》。

「報告！都在我的掌控之中，他已經完完全全相信一切的『巧合』了！」她不懷好意地笑了笑。

「很好，看來我們的妯娌之路就在不遠處了！」滿意地朝她豎起大拇指，順手接過了她特地帶來給我的西瓜牛奶，一臉嫌棄。「為什麼是沒冰的？」

她瞪了我一眼。「有冰都賣完了，不喝拉倒。」

「我又沒說不喝，況且今天我是壽星，請注意妳講話的口氣。」

吳宛怡翻了個白眼，完全沒有要祝福我的意思，一溜煙地衝出教室。

原來是王睿走了過來，吳宛怡真的是一個做任何事都很認真的怪胎。讀書很認真這點我是保持正向的看法，可是關於她認真地追求且算計一個男孩，還是令人嘖嘖稱奇。

帶著雀躍心情，小跑步奔向頂樓。那是我和周紀緯的小天地，也是我心裡的祕密花園。

膩在一起吃午餐、當他新歌的第一個聽眾，還有我們的第一次接吻，都發生在這裡，我對著自己發誓，以後一定要在這裡拍婚紗照。

「生日快樂！」滿懷期待地推開厚重鐵門，彩帶和花瓣灑在我身上，抬起頭迎面而來的是捧著蛋糕的紀緯，和 **Healer** 的所有成員。

愣在原地的我露出燦爛笑容，並指著孟遠說：「謝謝大家！只是我沒想到原來孟遠會笑。」

「他的笑容是很珍貴的東西，只有在美女生日才會出現。」林尹走到紀緯身旁率先遞上禮物。「快點打開，是我們大家合買要送妳的喔！」

「那麼好！」小心翼翼地撕開包裝紙，我大力搖了搖盒子裡的東西。

他們一同驚呼，出聲制止我。「不要搖，會壞掉！」

迫不及待地打開它，掀開蓋子映入眼前的東西讓我忍不住放聲大叫。「天啊！不會吧！」

是SONY的數位攝影機。

「你們怎麼知道我想要？不對，是你們為什麼要送我那麼好的東西？」不敢相信眼前這個貴重的禮物即將屬於我。

周紀緯微笑地看向一旁的孟遠，孟遠只是淡淡地瞥了我一眼。「聽說妳為了想買這個還跑去打工。」

點點頭，我為了這臺數位錄影機可是費了不少苦心。

「既然妳是想記錄我們練團的過程，總覺得應該是我們買給妳才對，」孟遠的聲音永遠都是那麼的沉穩和溫柔。

「對啊！身為最專業的助理，配備是不能少的。」林尹說：

王睿替我接過包裝紙和紙盒。「沫晨才不是助理，是我們未來的經紀人好嗎！快打開來用用看吧！」

我興奮地開啟鏡頭，輕輕抹去眼角的淚水，拿相機對著他們幾個大男孩按下了錄影鍵。「謝謝我最愛的Healer，我于沫晨發誓，永遠都會是你們的助理兼經紀人，就讓我們一起走上小巨蛋、武道館、全世界吧！」

林尹吹了聲口哨，王睿將我推進周紀緯的懷裡。「天啊！兄弟你真的是交了一個完美的女朋友。」

周紀緯親親我額頭，視線卻停在孟遠失落的臉上。「雖然不認識，但我想曉華姊也是很棒的女朋友吧！孟遠，去追回來啦！」

孟遠扯出淡淡的笑容，甩甩手。「快吹蠟燭吧！曉華不是我這種人可以浪費的女生。」

我張大了雙眼，直視著周紀緯，他露出無可奈何的笑容，輕聲地說：「愛越深，就越害怕失去。」

點點頭，我閉上眼睛。「我的第一個願望是，希望 Healer 這次去臺北比賽可以得冠軍，拿到唱片合約。第二個願望是，希望你們都可以快快交到女朋友，可以跟我作伴。」「第三個是要和周紀緯永永遠遠在一起。」在我吹熄蠟燭前，周紀緯竟然開口說話了。

王睿抿了抿嘴，冷冷一笑。「白痴，第三個願望說出來，就不會實現了好嗎！」

大夥看著周紀緯又害羞又失望的表情都笑了，我走向他，漾起最甜蜜的微笑。「放心這不是我許的第三個願望，所以說出來沒關係，不過你想永永遠遠跟我在一起這點小事，我答應你就是了！」

後來他一直逼問我的第三個願望究竟是什麼，那時候的我，說什麼也不肯告訴他。

「你不是一直想知道，我十七歲的第三個生日願望到底是什麼嗎？」關掉手中正在播

放影片的錄影機，我凝視著周紀緯好看的側臉。

他一直都不會老，就和十九歲時的他，一模一樣。

「妳這個小氣鬼都不告訴我。」嘟起嘴，他哀怨地看著我。

「其實我許的願，就是要永永遠遠跟你在一起。」我們無言的對視著，許久。「所以真的不能把第三個願望說出來，你看你，那個願望永遠都不會實現了。」

周紀緯揚起了哀傷雙眼，嘴邊還掛著一絲勉強的笑容。「我們還在一起啊！只是在不同的空間而已嘛！」

「沫晨！妳該吃藥了喔！」護理師輕拍我的肩膀，遞上了小兔子造型的藥盒和水杯，是我媽吧！每個月都會換一個造型的藥盒，而這樣小小的舉動，一做就是五年了。

「妳乖乖吃藥，有一天一定可以出院的。」

這個護理師對我總是過分熱情，不過我不討厭她就是了。

接過手中的藥盒，我轉過身背對著護士，偷偷將最大顆的丟進衣領，接著乖乖吞完剩下的藥丸，完美轉身，我是最合作的病人。

「妳為什麼不吃那顆藥？」周紀緯一臉不悅地指著我的胸口。

「因為不想出院，我怕病好了，你就會消失。」

周紀緯不再說話，只是輕輕地靠上我的肩頭。

「紀緯，你還恨王睿嗎？」

「不知道。」他抬起頭，聳肩。「除了愛妳，我已經忘記其他的情緒了。」

「你一走，也把我的情緒都帶走了。」看著窗外的世界，我說：「藍天、白雲依舊那麼美，可是快樂的感覺是什麼，我真的記不起來了。」

「只要妳乖乖吃藥，總有一天可以走出這個地方，然後好好過屬於妳的人生。」

視線直直地望進周紀緯眼底，我的眼淚在忍耐，不想讓周紀緯再為我擔心。

「妳知道我最後悔的是什麼嗎？」他伸手撫摸了我的雙頰。「就是我沒有在還能愛妳的時候，盡情的愛妳。」

「難道現在就不愛了嗎？」斗大的淚珠落下，比他雙手更冷的，是眼淚沒有溫度，卻能凍結我的心。

「當然愛，我永遠都不可能忘記愛妳什麼感覺。」親親我的額頭，這是他的習慣，也是我們之間的暗號。

親親額頭，就表示他要暫時離開了。

我死命地伸手拉住他。「你今天晚上可不可以留下來，我真的不想一個人。」他一臉為難地皺眉，我不斷哀求著，於是他軟化了堅持，將我擁入懷裡。「我的勇敢小沫晨，為什麼今天那麼任性呢？」

小心翼翼縮進他沒有溫度的胸口，我哽咽道。「再過十分鐘就是你二十四歲生日了，還記得我們的八十年約定嗎？」

周紀緯再也忍不住鼻頭的酸澀。「如果有一天我不見了，妳也要好好的活到八十歲好嗎？」

「不好……」一陣濃烈的睡意襲來，安心地靠在他懷裡，我輕輕閉上了眼。

「沫晨！」我在不遠處看見了精神恍惚的于沫晨，一個箭步衝向她。

正巧接住她輕如羽毛的身體，鼻頭發酸。

「妳這個笨蛋，都不知道有些人多努力地想要活下去，最後還是只能放手人生。而妳幸運的活下來，卻連一點求生意志都沒有。」

周紀緯望著溫若仁抱住于沫晨的溫柔身影，淡然一笑，轉身消失在醫院的盡頭。

第四章

「看我！看我！」我拿著錄影機，穿梭在團員之間。

林尹跟周紀緯興奮地對著我比ＹＡ，王睿在一旁忙著耍酷，孟遠則是埋頭努力擦鼓。

「等一下拍初審的影片時，你們只要盡情地做自己就可以了，我一定會把你們拍到帥翻全宇宙。」

「屁啦！妳最偏心，每次鏡頭最多的都是王睿和紀緯，搞清楚我才是門面擔當耶！」林尹佯裝吃醋，搶過我手中的錄影機。

「請問我們最美的經紀人要不要說些什麼啊！」林尹拿著鏡頭轉向我，不知所措地躲進周紀緯懷裡，他卻什麼都沒說，直接在鏡頭前吻了我。

「我也要親帥吉他手！」王睿大叫，衝到我們身邊，狂吻著周紀緯的臉。

總覺得自己很幸運，能成為他們的一份子，記錄著他們生活的點滴，還有練團的過程，每天都在幻想著也許有一天，這些影片能成為他們出道之後的ＭＶ素材。

「妳是孤傲的薔薇／彰揚著她的純潔／妳不懂這個世界／弱者才危險

妳是帶刺的薔薇／看穿世界的虛偽／她假裝可愛可憐／總讓人心碎

戴著面具妳以為冷漠就是武器／裝不在意／背過身卻滿是淚滴
妳不該委屈／我就站在這裡／這世界狂風暴雨／撐傘在等妳
妳不需承受／我就站在這裡／那無謂流言蜚語／我只相信妳」

王睿緊閉雙眼，深情地唱出孟遠為前女友寫的歌曲，抒情搖滾一直都是他們擅長的曲風，bass drum 的重拍就像是打在我們心上，隱隱作痛。貝斯規律而沉穩的低音，彷彿在我耳邊低語，訴說著他的溫柔，和守護著愛人的堅定。

淚水淹沒眼眶，我的視線和畫面中的周紀緯相遇，他揚起嘴角，給了我一個無懈可擊的笑容。鏡頭拉遠逐漸模糊的焦距，隨著電吉他最後的獨奏緩緩消失。

「感覺很不錯！」音樂結束後，周紀緯放下吉他朝我走來。

「超棒！每一個人都很投入，而且我特別運用分鏡幫你們拍特寫，從畫面裡看來，就像是站在我面前一樣。」不得不自誇，我讀書雖然不行，對於攝影卻挺有天分的。

經過一段時間的認識後，我慢慢的發現他們每一個人表演時的小動作，還有最好看的角度，就連脾氣個性，也都能抓到八成左右。

王睿喜歡當主角享受著被粉絲擁戴的生活、林尹風度翩翩女生朋友很多，卻沒有一個是他真正的女朋友、孟遠外表冷漠內心卻比任何人都細膩，甚至還會幫感冒的團員煮薑茶、最後是紀緯，渾然天成的明星特質，卻是最親民的陽光男孩。

練習結束後團員們陸續離開，我拿出書包裡的筆電。「紀緯我想留下來剪影片，你去買晚餐好嗎？」

「遵命老婆大人！」周紀緯調皮地在我臉頰上留下一吻，伸手勾住他的脖子，我回吻了他。

他不知所措搔著後腦杓，怯聲地說：「那個……孟遠，要不要一起買你的晚餐？」這話一說完，我立刻羞紅了臉，原來這練團室裡還有其他人……

「好，你買什麼我吃什麼。」孟遠的語氣很平靜，我的心裡卻掀起驚濤駭浪啊！紀緯離開後，我才緩緩轉過身對著孟遠說。「抱歉！我不知道你還在。」

「沒關係，不是十八禁等級的我都可以接受。」他面無表情說著，微微扯動的嘴角，更是讓我尷尬到巴不得挖洞把自己埋了。

孟遠收回視線，拿出筆記本埋頭其中，我伸長了脖子想偷看，卻只是徒勞無功。

他猛然地抬起頭。「幹麼？」

「可以問你一個問題嗎？」我說：

他點點頭，沒有說話，雙眼直盯著我。

「你前女友是不是刺青師傅？」

「我不想聊到任何有關她的事情。」他的臉色沉了下來，看起來不像生氣，倒像是極度的悲傷。

「好吧！抱歉！原本是想問她刺青的事情。」某天我在網路上收尋刺青師傅時，意外看見了孟遠前女友的作品，我很喜歡，卻無從得知她的聯絡方式。

「我想妳上網查應該還是可以找到她的聯絡方式的，抱歉。」

搖搖手，我說：「不用抱歉啦！沒事的。」

醫師們坐在休息室裡，討論著最新的醫療報告。

「若仁，于沫晨是不是要轉到慢性病房了？」其中一個醫師問道。

輕推眼鏡，我低聲道。「對，她最近情況有進步，估計下個月可以轉病房。」

「聽說她不能說話的原因跟生理沒關係？」

「嗯，我最近在想，她可能有另一種症狀，這幾天會先幫她安排診斷。」我的視線停在最新的期刊上，腦海裡不斷地思考。

「真的只有你幫得了于沫晨，你知道的，她連理都不理我們。」林醫師想起第一次碰到于沫晨，她連正眼都不瞧他一眼的景象，不自覺地笑了。

「誰叫你不像溫醫師是個大帥哥呢！」一旁的實習醫生跟著笑鬧著。

護理師抱著厚厚的病歷走了進來，碰巧聽見我們的談話。「別了吧你們，人家沫晨的男朋友以前可是小有名氣的樂手。」

我立刻從椅子上跳了起來，趕緊拿出筆記本。「妳知道她以前發生什麼事，是嗎？」

所有人都被我激烈的反應嚇壞了，退到一旁，靜靜地等待著護理師的回答。

「詳情我不知道，但是我知道為什麼沫晨會那麼恨她妹妹。」護士放下東西，一臉嚴肅的說：「因為『他們』做了很差勁的事情。」

放學時分，我難掩興奮地衝進練團室，推開大門高舉著右手。「你們看！」

他們停下動作，目光全鎖在我身上。

「哇靠！于沫晨妳跑去刺青喔！」林尹瞪大雙眼。

周紀緯微笑朝我走向來，動作很輕地握住了我的手腕。「這把電吉他，是我的IBANEZ。」

「嗯！因為我想把你刺在一個隨時可以看見的地方。」我說：

「只要妳想，我永遠都在妳身邊。」親吻了我手腕上還微微泛紅的地方。「很痛吧？」

搖搖頭，我背過身掀起長髮，露出後頸部上的英文刺青。「你看。」

「天啊！于沫晨妳未免太愛我們了吧！」林尹大叫。

隨意的挽起頭髮，充滿藝術感的 Healer 字樣透進他們眼裡，我漾著最燦爛的笑容。

「因為我相信你們一定會贏得這次的比賽，到時候成為藝人一定會有更多粉絲，不可以讓他們專美於前。」

「妳永遠是我們的頭號粉絲。」周紀緯輕輕揉亂我的頭髮。

耗時整整一年準備，Healer 的成員終於要踏上圓夢舞臺，不同於在臺中的萬眾矚目，來到小巨蛋這個殿堂的大家都是最終決選出來的菁英。

上臺前男孩們緊張的不斷深呼吸，緊握住彼此的雙手，彷彿是想把所有的力量都凝聚在一起。

「靠！我真的很緊張。」一向冷靜的孟遠先開口，王睿緊抿著泛白的雙唇，不發一語。

我笑著拿出口袋裡的潤色護唇膏。「阿睿你擦一下吧！我們的主唱嘴唇發白像話嗎！」

林尹伸手拉過我。「沫晨，請妳幫我再抓一下瀏海。」

整理完大家的頭髮和服裝儀容，我轉過身凝視閉著眼的周紀緯，輕輕攬住他的腰。

「很緊張是嗎？」

「不是，我只是在幻想有一天我們會在這裡，開一場真正屬於 Healer 的演唱會。」他伸手抱住我。

「雖然以前我希望你能自彈自唱成為一個創作歌手，可是認識了他們之後，才發現這樣專注演奏的你，也很好。」

「嗯，一起為了同樣的目標奮鬥，就像兄弟一樣。」他在我的臉頰上落下一吻，輕聲地說：「我要上臺了，快去第一排好好的看我吧！」

用力的點點頭，我轉身跑向觀眾席，坐在第一排的吳宛怡早已幫我留了一個視野最棒的位置。

「沫晨快來！」她興奮地對著我招手。

匆忙的從包包裡拿出特製發光發圈，聚光燈先落在了王睿身上，伴隨著緩緩加入的吉他聲，周紀緯揚著迷人的笑容。

雖然他視線不在我身上，可看著那閃閃發光的身影，也就心滿意足了。

「揹起吉他現在就要出發／有一道光／那就叫夢想／

拿起鼓棒敲打希望／幻想成搖滾天團」

踮起腳尖死命的隨著音樂跳躍，即使我是周紀緯的女朋友，也和臺下的粉絲一樣，扯開嗓子呼喊著最狂熱的愛。

不用幻想，他們已是我們心中永遠的搖滾天團了。

比賽結束後，Healer 儼然成為網路上最火紅的樂團。在結果公布前，經紀公司的人卻先找上門來了。

「我們總經理非常看好你，打算把你簽下來當藝人。」西裝筆挺的男子坐在我們面前，神態自若地點起菸。

「那我的團員呢？」周紀緯皺起眉頭，擋下了他的打火機。「其他人也會一起簽嗎？」

男子瞥了我們一眼，搖搖頭。「沒有，我們只打算簽下你一個人。」

「那我不簽。」不需考慮，周紀緯立刻給了他一個堅定地回答。

「我很肯定你的義氣，可是你要知道這個圈子的入門票有多難拿，況且整個團裡就屬你最有明星特質，可別為了無謂的感情拋棄了大好前途。」

真討厭這傢伙囂張的樣子，我緊緊握住周紀緯的手，他心裡想的也跟我一樣吧！

「說好要一起實現的夢想就一定會完成，謝謝您的賞識，不過我是不會拋下他們的。」

男子點頭，緩緩從襯衫口袋裡拿出一張名片。

「還是請你再好好考慮一下，下星期五之前給我答案就好。」

他離開前，還補了一句。「你很有情有義，但不代表每個人都是這樣想的，這世界很殘酷，多為自己想。」

我和周紀緯對看了一眼，禮貌地對他點了個頭，他不再說話，只是留下了意味深遠的笑容。

「妳會覺得我不簽約很笨嗎？」

回到家，周紀緯躺在我的大腿上，嘟著嘴一臉心事。

「不會，我反而覺得你的回答帥爆了。」

「也許我這次拒絕了他，就永遠別想再簽進PU這間公司，但是我相信以Healer的實力，絕對會有被看見的一天。」

低下身，我在他額間落下一吻。「絕對可以的。」

那場徵選會就像是一場夢一樣，我們的日子終歸於平靜。等待比賽結果出爐之前，依然努力練團、認真談戀愛。

而唯一不同的，是吳宛怡這個傢伙。

比賽結束之後她總是迴避我的目光，每當我提起 Healer 時，就會立刻轉移話題。

「妳是不是有什麼事情瞞著我？」推開房門，我對著她說。

吳宛怡像是受到什麼刺激似的，手中的資料全掉到地面上，她急忙蹲下身，卻因為雙手不停顫抖而抓不住紙張。

「反應很誇張耶妳！我幫妳撿啦！」我小跑步到她面前。

「不要過來！」她大叫。

愣在原地，我緊皺著眉頭，一股不安從心底冒出頭。

「怎麼了？」我聽話地停下腳步，卻有一種預感，她手中的那疊資料絕對有問題。

吳宛怡收整好紙張，揚起淡淡笑容。「對不起嚇到妳了，我這陣子只是心情不好，跟 Healer 的比賽沒關係，妳別想太多喔！」

緩緩走向她，我說：「我什麼都還沒說，妳怎麼知道我要問什麼？」

「因、因為、我們是姊妹嘛！」她撇過頭，非常刻意地閃避了我的目光。

輕嘆口氣，我旋過身一步一步地朝門外走去。「好吧！那等妳想跟我說再來找我吧！」

晚飯好了出來吃吧！」

「沫晨！」

「嗯？」

我們視線交錯，一個疑惑、一個心驚。

「對不起。」吳宛怡沒頭沒尾留下了一句話，便重重關起房門。

巨大聲響引來我媽的注意，她拿著鍋鏟走了過來，一臉困惑。

「別理她，可能是月經來又再鬧脾氣了！」我無奈地聳了聳肩。

天知道後來的我有多希望吳宛怡的反常行為，真的只是因為月經來鬧脾氣。

人生是一張考卷，而上頭滿滿的選擇題，沒有標準答案，就像機會跟命運，只有向前與懊悔。

很顯然的，此刻站我面前的吳宛怡，選擇了一條終將走向懊悔的道路上。

而這一切，都為了那個她瘋狂愛戀的男人，王睿。

「為什麼？為什麼妳要這麼做？」冷著一張臉，我的雙手不停顫抖。

「妳為什麼偷翻我的抽屜？」吳宛怡一把搶過我手中的資料。

試圖靠著深呼吸來調節自己的情緒，可是我做不到，心中滿滿的疑問和憤怒，逼使我掐緊她的雙肩。

「這到底是怎麼回事？為什麼妳會有王睿的經紀約？為什麼上面只有王睿的名字？」

吳宛怡低頭不語，微微傳來的啜泣聲蔓延在空氣中。

「吳宛怡你他媽給我說話！」我伸手推了她一把，碰的一聲，她清瘦的身子不偏不倚地撞上牆壁。

「對不起……」

「妳在對不起什麼！告訴我妳跟王睿到底什麼關係！還有為什麼王睿會有PU的合約？」一步步的逼近她，因為恐懼已經將我的理智吞噬。

「我跟王睿在、在交、往。」狼狽地抹去臉上的淚水和鼻水，吳宛怡環抱雙臂，沿著牆角緩緩跪下。「經紀公司很看好王睿，所以……」

「所以他就拋棄兄弟，簽了那份合約是嗎？」我說：

「王睿他是想，如果可以先進演藝圈，那麼就可以帶著團員一起出道了。」

「妳以為我會被騙嗎？」用力抬起吳宛怡的下巴，逼著她直視我的雙眼。「那張合約上面清清楚楚寫著王睿要加入的，是PU全新男子團體，而團體名單裡根本沒有紀緯他們的名字。」

「也許他紅了就可以帶……」

「帶妳媽！」再也忍不住怒氣的我朝她扇了一個大耳光，鮮紅掌印清晰得嚇人。「如果不是我先發現，妳什麼時候才要告訴我？王睿又要演戲演到什麼時候？」

桌面上吳宛怡的手機鈴聲響起，來電顯示是王睿，我遲疑了幾秒按下擴音鍵。

「宛怡，我剛剛去幫妳領休學通知書了，晚一點我們老地方見喔！」不敢相信自己聽到的內容，我瞪大雙眼。

拿起手機，我說：「為什麼我妹妹要休學，做姊姊的會不知道？」

話筒那邊傳來的是一陣沉默，吳宛怡挫敗地朝我伸出手，被我一把推開了。

「王睿，你是不是應該跟我解釋什麼。」

「沫晨？」他遲疑了一會。

「不要叫得那麼親切，我覺得很噁心。」我用著像是要捏碎手機的力道，咬牙切齒地說：「很不巧的，吳宛怡是我妹妹，我已經知道你跟PU簽約的事情了，在你們到老地方之前，我們先見個面吧！」

同一間經紀公司、同一個經紀人，周紀緯和王睿卻做了不同的選擇。

林尹坐在地上沉默著不發一語、孟遠直勾勾地望著王睿、周紀緯背對著大家凝視窗外的傾盆大雨，沒有人說話，沒有人知道該說些什麼話。

我收拾了桌面上屬於王睿的東西，整齊地放進紙箱裡。「你檢查一下，有沒有漏掉什麼東西。」

王睿緩緩抬起頭，像是做錯事的孩子一般無助。「其實我……」

「給我一個理由。」孟遠猛然起身，伸手揪起王睿的衣領。「你為什麼要這麼做的理由。」

吳宛怡箭步衝向前，擋在他們之間。「是我叫他這麼做的！都是我的錯！」

「妳以為妳是誰？就憑妳，改變得了那傢伙心中所想的事情？」林尹開口，滿滿的嘲諷。

「王睿我在跟你說話，回答我！」孟遠拿起身旁的譜架，狠狠朝王睿身上砸了過去。譜架就這樣不偏不倚地打在王睿和吳宛怡的身上，她慘叫一聲，再也忍不住心裡的恐懼大哭了起來。

「因為我真的很想當明星！」王睿將吳宛怡護在懷裡，對著我們咆哮。「因為我想要把握這個天上掉下來的機會。」

「當初因為認同你對音樂的執著，所以我毅然決然地休學跟你組團，現在丟下我們說走就走，你對得起我們嗎？」

孟遠這一番話惹得我鼻酸，過往那些在火車站前唱歌籌錢的畫面閃過，明明大家的感情就是那麼真切，對未來也許不能一步登天，但也絕對是在不遠處，不是嗎？

「現實本來就是殘酷的。」王睿撇開眼，冷漠的表情實在傷人。

林尹握緊了拳頭，舉起手重搥牆壁。「去你的兄弟！都是狗屁！」

牆上的相框受不了突如其來的重擊，通通掉落，擺飾也摔得四分五裂。

我轉過頭看著周紀緯的背影。

他依然望著窗外的大雨。

許久，周紀緯才面無表情地轉過身來。「也許從一開始我就不應該答應你要加入Healer。」他的眼角隱隱藏著淚水。「那我現在也就不會那麼難過了。」

雖然與他們很親近，可我怎麼說也都不是當事人，轉身帶上門，他們需要的是只有他們四個人的空間。

蹲坐在馬路旁，我拿出包包裡的錄影機，影片裡的王睿一邊吃薯條一邊對我說著超無聊的冷笑話，雖然很無奈，我卻仍配合的假笑了幾聲。

這一切都彷彿在昨天，畫面裡的主角卻已經翻臉不認人。

「沫晨，我們談談好嗎？」吳宛怡從裡頭走了出來。

「我真的不知道還能跟妳談些什麼。」

「我不是故意隱瞞妳我跟王睿交往的事情，可是他不希望我們的感情曝光，所以我只能連妳都隱瞞了。」

抬起頭，我凝視著吳宛怡的側臉。「妳知道我在乎的不是這個。」

「妳也愛著有明星夢的男孩，妳會懂我的對吧？換作是妳，也會希望紀緯順利出道的，對吧？」

我冷哼了一聲。「這件事發生在我身上，我絕對不會做出跟妳一樣的決定。」

「妳會。」

「我不會。」起身，我逼近吳宛怡。「這一輩子我都不會鼓勵周紀緯，踩著別人的夢想往上爬。」

我推開吳宛怡，頭也不回轉身離開。

「那是因為機會沒有找上你們，不要說得自己有多偉大，機會本來就是靠自己爭取的。」吳宛怡大吼。

停下腳步，我直視前方，用著不大也不小的音量。「那妳可以自己去問問經紀公司，王睿的那張合約，是不是周紀緯不要的。」

從那天之後，我們再也沒有見過王睿和吳宛怡，吳宛怡只留下一封信給她爸爸，因為害怕變成親朋好友的笑柄，她爸爸只好欺騙所有人說她出國念書了。

比賽的最終結果，因為王睿私自簽下經紀約，連帶的讓 Healer 被取消資格。

「如果王睿沒有那麼自私，現在那一百萬和唱片約就是我們的了。」周紀緯盯著電視牆上得到第一名的樂團文宣，落寞地垂下眼。

王睿離開後，Healer 解散了。孟遠回到補習班當個認真的好學生、周紀緯已經很久沒碰吉他，林尹除了把妹，好像也沒別的事情可以做。

而我呢？

為他們設了一個粉絲專頁，將過去的影片放上去，讓曾經也深愛著他們的女孩，有一個可以懷念過往時光的地方。

或許王睿沒有錯，他只是比我們更早學會了大人世界的殘忍；或許吳宛怡也沒有錯，她只是愛王睿勝過於我這個姊姊還有自己的良心。

護理站裡，我感到呼吸困難，輕輕地闔上護理師特地帶來借我看的相簿。「原來妳是他們的粉絲。」

護理師點點頭。「所以你知道為什麼于沫晨會那麼恨吳宛怡了吧！」

「可是他們發生車禍，嚴格說起來跟王睿和吳宛怡沒關係不是嗎？」

「當然有關係。其實天他們三個人已經比完賽準備要回臺中了，是因為王睿臨時拜託他們替他的新專輯擔任樂師，才又開夜車折返回去的。」事隔多年，曾是粉絲的護理師仍是憤恨不平。

「若不是念在兄弟一場，他們也不會疲勞駕駛，而王睿竟然在兄弟出意外時，若無其事地出國開演唱會，他們的死根本不值得。」護理師再也壓抑不住內心激動的情緒哭了出來。

我伸手輕拍了她的肩膀，眉頭皺得越來越緊，五年過去了，這樣的負面情緒仍舊可以牽動著一個粉絲，那麼和 Healer 最親的于沫晨，又是怎麼熬過這樣日子的呢？

眼前一片模糊，直到雙頰感受到了冰冷的觸感，似曾相識的酸楚襲上心頭，我痛苦地蹲下身。

——我知道被留下來的你一定很痛很痛，可是沒能跟你一起到白頭，才是我最放不下的事。

一道熟悉的女聲響起。

我環抱著自己，靠上玻璃牆低聲啜泣。「巧巧……巧巧……」

護理師見我失控的反應，溫柔地帶上門，給了我一個完整發洩的空間。

不曉得究竟過了多久。

站在外面的于沫晨輕敲了玻璃，我匆忙地抹去淚水，對上她的目光。

她拿出口袋裡的筆記本，寫了一行字，貼在玻璃上。

「不要哭，你哭起來很醜。」

一字一句唸出紙條上的話，最後我露出了深深的笑容，打開門走向于沫晨。「謝謝妳的安慰喔！我應該可以把妳的這句話，當作是對我這個主治醫師的友善溝通對吧！」笑著摸摸于沫晨的頭，就在擦身而過時，我笑著說：「雖然哭起來很醜，不過哭完覺得很爽，妳有空試試看。」

于沫晨挑眉，臉上沒有任何情緒。

周紀瑋攬住于沫晨的腰，帶著淺淺的微笑。

「我覺得溫醫生是一個很好的人。」

「他是一個很好的醫生。你又不認識他，其他部分就算了吧！。」于沫晨冷哼了一聲，伸了個懶腰。「怎麼改不了太容易相信別人的習慣呢！忘了王睿給的教訓了嗎？」

「妳又來了，會談時從來不肯跟醫師說，只會對著我拚命說。」

于沫晨聳聳肩，不再回應。

身旁病友拖著緩慢的步伐，眼神失焦身體晃呀晃的，有些人則是對著空氣喋喋不休，于沫晨環顧四周的一切，緊皺著眉頭。

「我根本就沒有病，卻一直被關在這裡。」她哀怨地牽起周紀緯，走向圖書室。

于沫晨情況穩定，已經獲得醫生的許可，能在人員帶領下去到病房以外的地方活動。她喜歡用電腦，最近老是往那裡去，就算沒有連結網路，她也感到很知足。

「沫晨早安！」護理師看見坐在電腦前的她，開心地湊上前去，正巧電腦裡放映的是Healer當初表演的影片。

護理師拉了張椅子，隔著一段自在的距離，和沫晨一起欣賞著，她輕輕地說：「妳知道嗎？我也很喜歡Healer喔！我最喜歡林尹，還為了他去學貝斯。」

于沫晨驚喜地瞪大雙眼，雖然反應很不明顯，卻確實的落入護理師眼裡了，只見于沫晨從口袋裡拿出筆記本，輕輕地寫下文字。「妳也想他們嗎？」

護理師鼻頭微酸，點點頭說道。「很想，如果他們還在，現在應該紅透半邊天了。」

于沫晨收回視線，靠上周紀緯的肩頭，在心裡對著他說：「那個花心的林尹要是知道

護理師那麼喜歡他，不知道又要多臭屁自己的魅力了。」

「大概屁股翹到天上了吧！」周紀緯笑著說。

時間在影片裡緩緩流逝，護理師悄悄地離開，走到我面前，帶著一絲愉悅的笑臉。

「溫醫師，是不是要開始幫沫晨安排復健治療了？」

我點點頭，並沒有停下手邊的動作，或許是為了剛才自己崩潰的舉動而感到有些彆扭。

「那我可以給你一點醫療上的建議嗎？」

「當然。」

「我建議你可以使用音樂治療法，因為剛才我們在圖書室裡一起看 Healer 的影片時，她不但沒有排斥我，甚至願意用紙筆跟我對話了。」

猛然抬起頭，我問。「那她的語句表達能力呢？」

「非常良好。」護理師豎起了大拇指。

「表達能力良好、邏輯清晰，這麼說來，她的不語原因就絕對是來自於內心的壓抑和拒絕了。」

「也許可以跟職能師建議，在沫晨的復健治療裡，帶入音樂相關、甚至是 Healer 的東西呢？」

微笑，我搖搖頭。「Healer 是造成她心理創傷的源頭，不能在治療初期就直搗她的核心，這很可能使她病情惡化或情緒崩潰。」拿起最新的醫學期刊。「不過我接受妳的建議，用 Healer 的音樂當作誘因，讓沫晨接受復健治療。」

護理師露出燦爛的笑容，離開前她拉起了我的手腕。「請您一定要治療好沫晨，因為我們所有的粉絲，一直都在等待著她為 Healer 做出來的紀錄片。」

「他們真的這麼有魅力嗎？」失笑。

「你一定要自己去看看，當年他們的粉絲，也包括了不少的男生。」

平淡無奇的午後，我偎在周紀緯懷裡。

「寶貝你看！每次你們表演到這首歌的時候，林尹都會在副歌偷偷翻白眼。」

「這些都過去了，妳怎麼那麼喜歡拿出來看啊！」他收緊了雙手，下巴輕輕抵在我的額頭。

他總是裝作不在乎，卻在每一個想起練團畫面的時刻，被滿滿的失落淹沒。

我不是沒找過孟遠和林尹，可惜他們都因為傷得太重，不願意再觸碰音樂，拒絕關心，也拒我於千里之外。

過去練團的點滴就像是一場夢，而夢醒了，我們怎麼就變成了陌生人呢？

王睿正式出道的消息也透過網路媒體強力放送，無論是造型還是音樂性，都已不能和當初那個站在路邊籌錢的窮小子同日而語了。

「有時候我都會想，如果當初簽下那張合約的是我，這一切會不會變得不一樣呢？」周紀緯看著我手中的平板。

「你不會簽的，不管要重複幾次，你都不會是踩著兄弟夢想往前走的人。」

我們目光交會，許久後，周紀緯露出無可奈何的笑容說：「是啊！」

「就像我能明白宛怡當初為什麼要極力說服王睿簽約，卻永遠無法諒解她一樣。」

縮了一下肩膀，我嘆息道。「因為我們的出發點不同，心中對於在乎事物的體悟也不一樣。」

「沫晨。」周紀緯溫柔地呼喚，我抬起頭。「如果我沒有成為歌手，妳會不會覺得我很遜？」

「會。」我的語氣堅定，伸手輕捧著他的雙頰。「可是你一定會成為歌手啊！在我第一次遇見你的時候，就覺得你會是一個與眾不同的人。」

周紀緯的眼神裡閃爍著感動，還有淺淺的遺憾。「但是 Healer 沒了，我也失去動力了。」

看著他，我默默在心裡發誓，絕對要替他把孟遠和林尹找回來，替他們把對音樂的憧憬找回來。

我要 Healer 回來。

午間廣播音樂響起。「咳、咳，各位曙光高中的老師同學大家午安，我是今天中午的代班ＤＪ于沫晨，陪伴你們度過今天美好的午餐時光，就讓我們用一首情歌做為開場吧！」

關上麥克風，我興奮地望向音控室裡的同學，她朝我豎起了大拇指，隨著廣播，整個校園裡放送著周紀緯溫柔而婉轉的歌聲。

通常這時候的校園依然是鬧哄哄的，可此刻大家卻都為了周紀緯的歌聲，停下了腳步、閉上了嘴巴。

「剛才那首歌曲是來自 Healer 吉他手周紀緯的自彈自唱，那是我第一次聽見周紀緯唱歌，可惜因為王睿的離開，Healer 解散了，我們每一個人都在為了夢想而努力著，他們也一樣。沒有人的人生可以一路順遂，那麼如何在摔倒後走得更堅定，才是真正的課題對吧！」清了清喉嚨，我再次靠近麥克風。「就像歌詞裡說的。『我想跟你說／你很好／就算你什麼都沒有／只要這世界／有你的存在／對我來說／就很好』，就算 Healer 只剩下三個人，對於所有喜歡你們的人來說，只要你們願意存在，那我們的世界就是最好的了。」

嚥下了鼻尖的酸楚，接連放送了好幾首 Healer 創作的歌曲，依稀聽見廣播室外的騷動，再次按下麥克風。「我們都很想念你們每一次在火車站前的賣力演出、想念你們總是在社團課教男同學怎麼用樂器把妹、想念你們把我們辛辛苦苦做的手工卡片粗魯塞進什麼都沒有的書包裡。節目的最後，我要送上粉絲們特地錄製的音檔，林尹、孟遠、周紀緯失去王睿又怎樣，我們一直在等著你們回來。」

為了這個音檔，我熬了整整一個月的時間，從收集到製作，已經不曉得哭完了幾包衛生紙，每一個人都跟我一樣深深地愛著他們，也從他們的歌曲裡獲得了滿滿的勇氣，而這都是樂手與樂迷之間無可取代的情感。

曾經是周紀緯帶給了我活下去的勇氣，那麼我就要用所有人的愛，來鼓舞 Healer 短暫的失意。

結束了短短三十分鐘的廣播節目，不確定能帶給他們什麼樣的改變，但無論如何我都不會放棄的。

和廣播社的同學道謝完後，我用力拉開大門，迎面而來的景象，讓我的眼眶濕了。林尹像個孩子泣不成聲，周紀緯搭著孟遠的肩膀，眼角泛著淚光，他們各自背著樂器和鼓棒，朝我伸出了手。

「沫晨，我們回來了。」孟遠搶先一步開口，三個大男孩就這麼哭著跑向我。

「對不起，我不是故意不理妳的。」林尹抹去淚水，輕輕地抱了我一下。「我只是不知道該用什麼樣的心情，去面對那麼支持我們的妳。」

「謝謝妳。」林尹和孟遠退到一旁，周紀緯一把將我擁進懷裡。

始終站在一旁的粉絲們驚呼，嚇得我用力推開他，低著頭不敢迎向大家的眼光。

「其實我們都知道妳是周紀緯的女朋友。」綁著馬尾的女孩帶著微笑朝我走來。「而且也都覺得你們兩個很配。」

我躊躇地抬起頭，對上她溫暖的眼光。

「雖然我是林尹的粉絲這樣說起來沒什麼說服力，但是我們都很喜歡妳這個經紀人喔！」女孩說：

「謝謝妳們。」九十度鞠躬，除了道謝，我不知道還能怎麼表達心中的感動。

「我的沫晨永遠都是這麼討人喜歡。」周紀緯親親我的額頭，一旁的林尹和孟遠也報以我最熱切的笑意。

「真的是太好了，我終於把你們都找回來了。」我開心地又叫又跳的。

此刻的我，卻怎麼也想不到多年後，我會多痛恨自己做了這一切……

于沫晨趴在桌上，緊閉雙眼專心聆聽著耳機裡傳來的吉他伴奏聲，手指還俏皮地敲了敲桌面。

微風輕輕吹拂過她絕美的側臉，時間帶走了很多東西，卻唯獨把她的美麗留下來了。歷經事故的她，更顯孤傲高冷。

隔著半透明窗，吳宛怡面無表情地望著她，輕聲道。「沫晨她看起來似乎比以前好多了。」

「嗯，我們很樂見她這樣的進步。」我走到吳宛怡身後。「有件事說來失禮，但我想站在醫生的立場，還是要盡到告知的責任。」

「您請說。」

「經過這段期間的復健活動，我們發現了沫晨的個人內在心理衝突，可能是來自於王睿和她自己。」

吳宛怡雙肩劇烈顫抖了一下，她揉揉太陽穴，對著我說：「她不是因為那場死亡車禍而產生的創傷後壓力症候群嗎？」

「發病的原因有很多可能，而真正影響著她，甚至是惡化病情的，是來自於她心裡的愧疚感與怨懟。」我替她倒了一杯溫開水，拉了張椅子，讓她坐下。

「沫晨認為要不是她執意的把成員找回來，那麼大家都不會去臺北參加比賽；要不是王睿希望團員可以為他的新專輯擔任配樂，那麼也就不會因為疲勞駕駛而發生意外。」我從抽屜裡拿出剪貼過的報紙。「團員們離世的那天，王睿卻站上了周紀緯所夢想的武道館，開了第一場海外演唱會。」

吳宛怡接過筆記本低頭不語。

「這本筆記本是我們在會談時，沫晨給我看的。她似乎想故意去遺忘這些記憶，但是遺忘對她的病情並沒有幫助。也許，等沫晨情況穩定一些之後，我會對她提起，也希望她勇敢去接受真相。」

「所以你要我怎麼做？」

「我想請妳把王睿找來。」

「很抱歉，這點我做不到。」吳宛怡站起來，頭也不回地離開。

望著她離去的身影，我重重嘆了口氣。

「妳還是，愛他勝過自己的姊姊吧！」

第五章

于沫晨是一個配合且聽話的病人，她按時吃藥、接受治療。

「她最近復健狀況如何呢？」我走進職能室裡。

「很好，尤其是她的手藝。等她情況再更穩定時，我會把她轉到做手工藝品的部門，讓她為將來就職做準備。」職能師笑著在我面前展示了于沫晨的作品，栩栩如生的紙雕，讓人驚豔。

「那音樂治療的方面呢？」

「我們播放了 Healer 的音樂，她的情緒反應也是很平穩的。」

我滿意地點了點頭，輕拍職能師的肩膀。「謝啦！果然找你是對的。」

就在準備轉身離開時，職能師拉住了我的手臂。「你有沒有發現沫晨會自言自語呢？」

停下腳步，我緊皺著眉頭。「我之間懷疑過，可是調閱了監視器，她除了偶爾會比畫一些動作，並沒有出現對話的樣子。」

「那你多觀察看看，因為她最近這樣的頻率滿高的。」

「好。」

周紀緯趴在我身旁，撩起了我的髮絲。「妳幾天沒洗頭啊？」

「每天都有洗啦！」我瞪了他一眼，視線卻對上了不遠處的溫醫師，立刻撇過頭，嘟著嘴抱怨道。「你不要鬧我啦！等等被別人發現。」

「也許妳可以試著對溫醫師提起我，我相信他是一個好人。他一定理解妳，並且讓妳出院的。」

「可是如果他真的讓我出院了，你怎麼辦？」

「無論如何，我都會一直在妳身邊的。」

我狐疑地瞇起眼，「真的嗎？」

「真的。」他的眼神是那麼的誠懇。

緊握著沒有溫度的手，我總能從他身上獲得無比的勇氣。輕輕翻開手腕，曾經好看的吉他刺青早已因為割腕而殘破不堪。

那支破碎的吉他，正如同我永遠無法完整的人生。

「沫晨，妳剛才在和誰說話嗎？」溫醫師在我身旁坐下來，他是我的主治醫師，也是

我唯一願意相信的醫生。

大概是因為我們出車禍的那晚，是他在急診室對我伸出了援手吧！

我緩緩地從口袋裡拿出筆記本，躊躇了一會。

「我想跟你說一個祕密，一個不能告訴任何人的祕密。」

「我保證，絕對不會告訴任何人。」溫醫生驚訝地挑眉，隨即露出溫暖笑意，還作勢拉上了自己的嘴巴。

確認了他的回答，我繼續提筆寫下。「其實我沒有病，一直不說話，是因為我要保守一個祕密。」

「那妳願意跟我說說妳一直守護的祕密嗎？」他壓低了音量，湊到我耳邊說。

「我男友的靈魂其實一直都在，我怕大家知道了他的存在，他就會消失。」我仔細研究著溫醫師臉上的表情，他似乎一點都不意外。

「妳的意思是他一直陪伴在妳身邊是嗎？」

我點點頭。

「那我想他就是妳當初願意活下的動力吧！」溫醫生認真地說著。

我興奮地望向周紀緯，他說得沒錯，溫醫師真的是一個可以理解我的人，飛快地寫下了我想對他說的話。「你也相信靈魂是嗎？看得到靈魂的人不是神經病，我根本不需要住院，只要周紀緯不離開我，我就不會再自殺，也不再在被關在這裡了對吧？」

「沫晨妳聽我說。」溫醫師輕輕按住了我的手。「妳一定可以出院的，但是我總不能告訴別人，妳可以出院是因為看得到靈魂對吧？」

我疑惑地偏著頭。

「妳只要好好配合我，一定可以出院的，只是妳得先回答一個問題。」他垂下眼。「妳真的有『好好』的配合嗎？不管是復健或是吃藥？」

心虛撇開眼，努力地想讓自己看起來很正常，握住筆的手卻劇烈顫抖著。

「我沒有要責怪妳的意思，只是希望妳能跟我講實話，才知道該怎麼幫助妳。」

時間在這一刻彷彿定格了，我們就這麼一動也不動的直視著對方，直到我再次提筆寫下。「對不起，我每次都少吃了一顆藥，但我只是因為害怕吃了它，就會再也看不到紀緯。」

「是誰跟妳說吃了就會看不到的？」溫醫生的臉色沉了下來。

「沒有人告訴我，是我自己聽到護理師們聊天的內容，她們說那是可以抑制我幻想的藥。可是你知道的，我並不是在幻想，紀緯是真實存在的。」

「我相信妳，所以我會幫妳把那顆藥拿掉。好好休息，我先去巡房了。」他給了我一個溫暖的微笑，離開前在我耳邊輕聲地說：「我真的相信妳，所以請妳也要相信我給妳的治療，並且乖乖配合，好嗎？」

用力點頭，揮手送走了他。

這一次，我是真心想成為一個配合的病人。

——

靠上周紀緯的肩膀，五年來，我第一次感到如此放鬆。「出院之後，我們要去很多地方玩，以前來不及去的，我都要跟你去喔！」

「還記得我們一起去海邊玩那次嗎？」燦爛的笑容綻放，周紀緯一直是一個愛笑的男孩，就連生命的最後一刻，他也是盡全力給了我一個不要害怕的微笑。

心頭微酸，我吸了吸鼻子。「你是說，我害你吉他浸水那次嗎？」

「對。」清脆的笑聲在我耳邊響起。

「好想再聽一次你那天唱給我聽的歌。」磨蹭進周紀緯的懷裡，他不喜歡看我哭，每當我忍不住時，就會躲進這個沒有溫度的懷抱裡。

哪怕我知道這個擁抱早已不存在。

——

「多幸運／那麼低的機率／遇見妳／在哭泣／那一秒就奪走我的心」

輕輕閉上眼睛，出現在我眼前的是少了王睿之後的Healer，帥氣依舊，反而更多了一絲文青感。

周紀緯優雅地刷著和弦，用他獨特的嗓音唱進了我心坎底。

他喜歡在表演時與我四目相交，總笑著說是在確認我有沒有偷看別人。真是傻瓜。我的一生，為的只是追隨他的光輝身影，然而此刻的我卻是如此感謝他當初的熱切眼光。

如果早知道我們相愛的花期會那麼短暫，那麼當初就不會責怪他綻放得那麼囂張了。

「這首歌好好聽喔！護理師最近都放很好聽的歌給我們聽耶！」耳邊傳來陌生的聲音，我抬起頭。

周紀緯，就這麼消失在空氣裡了……

廣播器依舊播放著同一首歌曲，我卻再也聽不見任何聲音。

「僵直性精神分裂併發失語症。」

偌大的會議廳裡，醫師們凝視著投影機前一臉嚴肅的我。

「個案于沫晨因為聽見護理人員的對話，進而拒吃藥品，導致診斷上的錯誤與困難。相關人員疏失已交由醫糾小組進行調查與檢討。」沉重地嘆了一口氣。「本人在此也請主任處分，若是我再謹慎一點，就不會延誤了她整整五年。」

主任輕拍了我的肩膀。「這不是你的錯，于沫晨的表現一直很穩定，情感失能的症狀的確很容易被診斷為憂鬱症，重要的是現在你已經找到治療的方法了對吧？」

「是。」

「你對病患的用心我們都有看到，于沫晨也確實是在你的治療之下，開始接受復健了。」

關上厚重的大門，我沮喪地垂下雙肩。一直以來對於于沫晨的疑惑總算解開了，可惜我的心情卻一點也開心不起來。

當她已經習慣跟幻想出來的人格相處時，想要痊癒，勢必要經過一段更加痛苦的分離。

而那樣的疼痛與煎熬，絕對不亞於五年前的生離死別。

此時，于沫晨悄悄地從後方走來，輕點了我的背。

「謝謝醫生，我發現那顆藥不見了。」她遞上了紙條。

微笑接過紙條，我收起自己真實的情緒，說道。「這樣算是我們的第一步的信任了對吧？」

于沫晨點點頭。

「太好了！復原的路或許會很難走，但是我相信，妳一定可以的。」

「紀緯要我轉告你，你是他見過最好的醫生。」于沫晨清秀的字跡映入我眼底，一股心疼隱隱地發酵著。

「幫我告訴紀緯，他不只選女朋友的眼光很好，就連看人的眼光也是一等一的呢！」

這番話逗得她好開心，只可惜因為太久沒有露出笑容的關係，她的臉部表情看起來有些怪異。

「妳應該要多笑的，才不像現在一樣，對我露出這種讓人心底發寒的笑容。」我笑著摸了摸于沫晨的頭，便離開了。

「難道是近視了嗎？」于沫晨用力揉了揉眼睛，最近的她老是看不清楚周紀緯的臉，嘟起嘴。「你最近為什麼越來越少時間來找我？」

「我有點不太舒服。」周紀緯寵溺地揉亂了她的頭髮。

「明明都是鬼了，哪裡來的不舒服。」這畫面想著想著，于沫晨竟然笑了出來。「你看我笑起來，真的很怪嗎？」

「妳永遠都是最美的。」周紀緯的語氣堅定。

偷偷翻了一個白眼，于沫晨輕笑。「油嘴滑舌。」

「沫晨！」林尹興奮地衝下臺，漾著燦爛的笑容朝我狂奔而來。「我們表現得怎樣？」

豎起雙手的大拇指，我說：「超棒！完全超越過去的 Healer 了！」

「妳可不要因為主唱換成了妳老公就這麼浮誇啊！哈哈哈！」孟遠笑著拿出口袋裡的香菸，最近的他越來越愛笑了。

周紀緯沒有說話，只是笑著將我摟進懷裡。

看著他們臉上滿足且自信的笑容，我相信他們已經完全走出王睿帶來的挫折了。穩健的臺風和熟練的演奏技巧深受評審青睞，出道發片的日子，就在眼前了。

孟遠將車子停在路邊，望著手機，緩緩地回過頭。「是王睿打來的。」

「掛掉啊！」林尹冷哼，不以為然地繼續滑著手機。

我和周紀緯面面相覷，手機鈴聲響起又結束，就這麼來來回回了好幾次。

「會不會是有什麼急事？」我說。

「有急事找我們也沒用啊！他現在可是一線歌手耶！」周紀緯一把搶過孟遠的手機，面無表情地說道。

看出了孟遠心中的遲疑與擔憂，就算王睿再過分，他們始終是一路打拼過來的兄弟。

「不然就讓我來接吧！畢竟我是經紀人嘛！」

給了孟遠一個釋然的笑容，我按下了通話鍵。

「要他們幫你錄製專輯有什麼好處？」

「我剛剛看到他們比賽的 live 了真的很棒。我只是想，也許可以趁著我的新專輯，增加他們的曝光度。」電話那端熟悉又陌生的聲音響起。「給我一個賠罪的機會，拜託。」

思考了一會，我將決定權交到他們手中。

而事實證明了一件事，

男生之間的友誼就算曾支離破碎，也能在一聲道歉之後，赴湯蹈火。

整條高速公路幾乎沒有車，距離跟王睿約定的時間眼看只剩下二十分鐘，孟遠油門一踩，就連繫著安全帶的我都感覺到急速衝擊的力道。

「幹！你開慢一點啦！」周紀緯大喊。

「對啊！你以為你在拍玩命關頭喔！」林尹收起手機，朝孟遠的後腦杓重重一擊。

一路上的嘻鬧聲不斷，大夥都很興奮，也都在心裡偷偷地期待著再次與王睿合作。彷彿過去那些無憂無慮勇敢逐夢的男孩們都回來了。

他輕輕地拉起我的手，在刺青處留下一吻。「一路走來，謝謝有妳一直支持著我們，我真的好愛妳。」

「我也是。」

後方突然傳來一道刺眼的光線，我瞇起眼，下一秒便是一陣天旋地轉。尖叫聲響起，我緊緊握住周紀緯的手，一手用力扳開門鎖。

車翻了。

眼看著車頭傳來的火光，吞噬了孟遠和林尹的身影，瞬間失去氣息。周紀緯放開了我的手，用盡全身力氣將我往車外一推。

「沫晨！快逃！」那是一股超乎常人的力道，周紀緯放聲大吼。

「不要！」跳躍起身，我緊掐著自己的脖子，發不出聲音。

純白色的牆壁、除了床鋪以外，空無一物的房間。

淚流滿面的我呆坐在床上，接受著四周傳來的異樣眼光。

「妳怎麼又做惡夢啦！」隔壁床的女孩走向我，輕拍著我的背。「我之前也常常這樣，可是妳不用害怕，這表示妳快好了。」

直接忽略她，我下意識搜尋著周紀緯的身影，以前只要我做惡夢，他就一定會出現的。

為什麼？

他最近都不再出現了？

「我之前有吃一個乖乖藥，醫生說我只要乖乖吃，心裡那個壞姊姊就不會再跑出來罵我了喔！雖然我常常夢到以前可怕的事情，可是我知道只要我學會勇敢，壞姊姊就會從我的世界消失了。」女孩自顧自地說著。

從我的世界消失？乖乖藥？只要乖乖吃，心裡那個壞姊姊就不會再跑出來？

我的心頭一涼，這世界始終沒有人相信周紀緯的存在。

溫醫師也覺得我有病，給我吃了乖乖藥對吧！

我和主任隔著咖啡桌對坐，臉上都掛上了濃濃的憂鬱。

「我覺得是時候可以讓于沫晨回溯現實了。」主任開了口。

我堅決地搖頭。「不！她還沒準備好。」

「她因為幻覺減少而感到焦慮，這正是我們開口的時機，她已經發現一切都不太一樣了。」

「她只是覺得周紀緯消失了，而不是這個世界變了。」

「若仁，我知道你有你的考量，但是再拖下去對于沫晨一點好處也沒有，她的心理狀態一天比一天更差。」主任提高了音調，急促的語氣讓人捏了一把冷汗。

而我沉默了。

低頭，滿腦子全是車禍那晚，于沫晨崩潰的畫面。

我不想，也不忍心，她再次經歷相同的痛苦。

空氣凝結，安靜到連一根針掉在地上都能聽得一清二楚。

突然，緊急鈴大響，廣播器不停播放著重複的內容。「999緊急事件！999急救事件！」

「通報！病患于沫晨使用電話卡碎片割腕，請溫醫師立即前往一病房。」快速起身，我奮力跑向病房裡的暗梯。

護理師對著迎面而來的我說：「病患意識模糊，血壓 80 over 50mmHg，心率每分鐘一一〇次。」

「直接加壓止血，通知外科及家屬。」

地板上斑駁的血跡怵目驚心，我望向于沫晨，迷濛雙眼半開，血壓不斷下降，彷彿回到最初那一心求死的模樣。

「擔架到。」護佐大哥將于沫晨抬上擔架，我快步奔向手術室。

為什麼？

死不了。

那些人永遠都不懂。

「死亡，才是真正的解脫。」

曾經我是為了周紀緯而活，現在他們卻連這一絲絲的希望都要剝奪。

為什麼還要我活？

對上了媽媽滿是皺紋的疲倦雙眼，她是在埋怨我嗎？

「媽媽真的很想不管妳，要死我們就一起去死，好去找妳天上的爸爸。」伸出手，她只是輕輕撥去我額前的髮絲。「可是我捨不得，我跟妳爸爸就這麼一個寶貝女兒，他要是看到妳現在這副樣子，絕對不會原諒我的。」

我撇過頭。

「妳這個不孝女，那年我改嫁還不是為了要給妳過好日子，現在倒好了。離了婚開開心心等妳出院我們一起好好生活，結果妳又給我割腕自殺。」

我背對著媽媽一動也不動，甚至連她說了些什麼，都聽不清楚。

「阿姨！」陌生的聲音從身後傳來，清亮的嗓音，估計主人應該是個年輕女生。「我來了。」

「那妳們聊，我去辦手續。」媽媽離開後我仍舊維持著一樣的姿勢，不在乎聲音的主人是誰，只要不是吳宛怡就好。

徐徐微風撫過我的髮梢，漸漸消退的麻醉藥讓我開始感覺到疼痛，伸手想拿起水杯，卻讓鮮血滲出了紗布。

「想喝水是嗎？我來。」纖細的手臂從我身後伸了出來，吸引我目光的，是她的包手刺青。

轉過頭，是一道溫暖目光。

「好久不見了，沫晨。」她輕聲地說。

那鎖骨前草寫的 Healer 刺青，我一秒就認出了她是誰。

我的刺青師、孟遠的前女友——雷曉華。

猛然起身，意識還未完全清醒的我重重摔回了病床上。曉華趕緊放下水杯，將我環抱。

「看妳的反應是記得我的，太好了。」她微笑，輕輕握住我的手。

不曉得這是什麼樣的情緒，我好想哭，像是在大海裡找到了漂流木一般，我想緊握住曉華的手。

她是這世上，唯一跟我擁有相同情緒的人。

痴痴地望著她，我僵直的背部透露了太多不知所措。

時間靜止在這一刻，而我們相望著，她眼角邊的小小淚珠緩緩滑落。我伸出手，承接了她無止盡的悲傷。

她不比我堅強，卻努力讓自己看起來很堅強。

偌大的病房裡只剩下她的啜泣聲，還有我那無人能聽見的嘆息。我們相擁在一起，從她身上傳來淡淡的野薑花香。

鼻頭發酸，那是孟遠身上不曾改變過的，味道。

「送給妳。」吸了吸鼻子，她轉身從書包裡拿出一本簡約的筆記本，遞到我面前。

翻開第一頁，是孟遠和周紀緯的合照，他們搭著肩，臉上的笑容，燦爛得無懈可擊。

「這幾年來，我一直在找妳，就是為了把它交到妳手上，只是那時候的情況，是禁止家人以外的人去探望妳的。趁著這一次妳轉到普通病房，我說什麼也都要來見見妳。」抹去淚水，她揚起了淺淺微笑。

接過她手上的筆，我這樣寫道。「這些年，妳好嗎？」

曉華微愣，輕輕點頭。「我很努力地想替孟遠過完剩下的人生，我去學打鼓了。」她拿出手機，向我展示了打鼓的照片。「我打得超爛，孟遠要是聽到了絕對會笑死吧！」

靜靜地望著她，眼前的雷曉華，跟我記憶裡的她有很大的不同了。

「妳變得開朗了。」我寫下。

「時間不曾為誰停留，人也沒什麼好不改變的，不是嗎？」聳聳肩，她嘆了一口氣。

一切都是那麼自然地，她將我發抖的身體攬進懷裡。

「我一直很後悔，為什麼不在孟遠還活著的時候好好地陪在他身邊，直到他離開了，才願意放下自己的自以為是，去接受他所喜愛的世界、去承認我愛他，始終沒有變過。」

「或許妳這樣才是最幸福的，我帶著對他們滿滿的回憶，住進了精神病院裡，就像失去了所有。」

直到夜幕低垂，我們都沒有放開雙手。在今天之前，兩人的對話用十隻手指頭就數得出來，此刻的我們卻是如此貼近。

我們，是彼此的漂流木。

是這無盡的海洋裡，最後支撐的力量。

「謝謝妳來。」直到于沫晨睡著後，雷曉華才緩緩起身，于媽媽低聲地說。

「不用客氣。」她走出病房，視線停留在我身上。「溫醫師，你怎麼了？」

猛然回過神，猶豫半刻，我吞了吞口水緩緩說道。「我想進去看看她，但又覺得她現在最不想見的人就是我。」

「她的情緒很平穩，也許沒你想像中的那麼糟糕。」

「謝謝妳的安慰，希望妳有空可以多來陪陪她。」

雷曉華點點頭，揮手告別了我和于媽媽。

我悄悄地走到熟睡的于沫晨身旁，絕美的臉上已恢復了氣色。她緊抿著嘴，睡得很不安穩。

因為不願意配合吃藥，她的藥全配成滴劑混在點滴裡了。

「我把藥效減弱了，不要再跟我拗氣了，好嗎？」在她身旁，我低聲地說。

「沫晨跟紀緯這兩個孩子，真的是情深緣淺，說什麼紀緯從來沒有離開過，都已經過了多久了，還這樣瘋言瘋語。」于媽媽摸了摸于沫晨的臉頰，滿是心疼。

「沫晨不是瘋了，她是為了保護自己，而幻想出紀緯的樣子。也因為如此，漸漸分裂出了一個屬於紀緯的人格。」我遞上面紙給于媽媽，動作很輕，就怕驚擾了睡夢中的于沫晨。

「她這樣還會好嗎？」

「會，但是那會是一條很長的路。」我轉弱了床頭的燈。「沫晨必須要發自內心的接受紀緯離開的事實，並且親自摧毀她幻想出來的他。」

病房內陷入了巨大的沉默，因為我們都知道，這麼做只會再次將于沫晨推向崩潰邊緣。

我離開了、于媽媽沉沉地睡去。

于沫晨眼角的淚水終於忍不住滑落，她雙手緊抓著棉被，用盡全身的力氣想要呼喊。

卻連一絲的氣音，都是奢求。

「周紀緯不是幻想、更不是我的分裂人格，他不就站在我面前嗎？」

于沫晨直視著站立在床前淚流滿面的周紀緯。

「你是真的對不對？你告訴我這一切都是真的存在，對不對？」她伸出手想要擁抱，那像是隔著一個平行時空的周紀緯。

周紀緯只是哭，像個無助的孩子一般嚎啕大哭。

昏沉的睡意伴隨著漸漸無力的四肢，于沫晨知道是藥效又發作了，她趕緊拿出曉華送的筆記本，對著周紀緯說：「如果你是真的存在，就寫下什麼給我，拜託。」

眼前一片黑，她連聲再見都沒有力氣說。

清晨的第一道陽光劃破天際，于沫晨激動地翻身尋找筆記本，期待、翻開、確認、失望。

世界上的萬物之所以存在，是因為我們相信。

所以我相信你在，你就在。

她是這麼對著自己說的。

「沫晨妳看！這是我最新學會的歌，節奏超難的。」曉華幾乎天天來找我報到，分享著她的生活，還有給我滿滿的關懷。

「孟遠要是知道他最愛的事情，能支撐著最愛的人走下去，一定會感到很幸福的。」

我翻開筆記本，寫下了這行字，遞到她面前。

她對我說話，我寫字回答，已經成為我們之間的默契。

「妳也可以啊！我記得紀緯教過妳彈吉他。」

回憶一幕幕在我的眼前播放，在學校的頂樓，我們緊緊依偎著，他溫柔地教我怎麼刷弦。

「脫下長日的假面／奔向夢幻的疆界」

「這是五月天的〈擁抱〉！」我說。

「對，這是初學者必學的歌曲。」微風吹過我們倆相戀的夏天。

那首〈擁抱〉我來不及學完，周紀緯的夢想也沒能長大。

我們在那一晚分別，是生離，也是死別。

「哪一個人／愛我／將我的手／緊握

抱緊我／吻我／喔／愛／別走」

不遠處傳來低啞的歌聲，我回過神來，跟著曉華一起走向歌聲的源頭。

穿著便服的溫醫師坐在大廳，手中的木吉他像是被施展了魔法一般，吸引了所有人的目光，病友們圍著他席地而坐。

「坦白說我一開始很不喜歡溫醫生，總覺得他某個時候，很像王睿，妳說是不是？」

這麼一說，倒是真的有像，尤其是此刻他輕輕閉上眼哼唱的樣子。

這份熟悉感，或許就是我從一開始就不排斥他的原因吧！

說來也奇怪，明明恨透了王睿，卻對與他感覺相似的溫醫生感到信任。

點點頭，我不自在地拉了拉曉華的手，她猛然轉過身。「怎麼了？」

遲疑了一會，我牽起她的手。

承認自己需要依靠，其實沒有想像中的困難，揚起淺淺地微笑，我靠上了曉華的肩頭。

音樂結束了，人潮逐漸散去，溫醫師笑著接下了其他護理人員的愛慕眼光。

然後他的視線，卻落在我身上。

急忙撇開眼，從我割腕那天之後，他對我依舊關心，卻已不見過往的溫柔。

他還在生我的氣嗎？

該生氣的是我吧？他假裝相信紀緯的存在，卻讓我吃了所謂的乖乖藥。

「要去找溫醫師嗎？」曉華說。

搖頭，匆忙地拉著她走向病房，回到病床上，我將被子拉過頭頂，緊緊地包裹著自己。

「妳在生他的氣，是嗎？」

曉華輕拍著我的背。

「他真的很關心妳，當初我找到溫醫師時，他擔心妳見到我會想起過去那些痛苦的回憶，所以要我等，等妳情況穩定時在出現。雖然我不知道紀緯是否真的還陪在妳身邊，但是我想，溫醫師不是一個會為了要讓妳更快好起來，就逼著妳接受一切的人。」

我沒有回應，只是思索著這段話裡的意思。

溫醫師確實和其他人不同，以前的醫師們總要我回溯那段車禍時的記憶，鑿開心底的傷，企圖讓這一切成為開放性傷口，會癒合得更快。

可是他，從來不會這麼做。

穿整好白袍，我對著相框裡的女孩失笑。「妳覺得今天沫晨會理我嗎？」照片裡的女孩笑得燦爛，手中那束向日葵日復一日的盛開著。只可惜，不論是向日葵還是那女孩，都只剩下照片讓我回憶了。

站在病房外，我先是深深吸了一口氣，轉開了把手。

綁著整齊馬尾的于沫晨就站在我面前，臉上的表情看起來很平靜。她微愣，接著輕輕地對我點頭。

「早安。」她這樣的反應看起來是比之前好多了。

于沫晨緩緩地走到床邊，從枕頭下拿出筆記本，翻開她早已寫好的句子，遞到我面前。

「我可以，學吉他嗎？」

「但是妳手上的傷還沒好。」拉過她的手腕，那一刀劃得實在太深。「就當作對妳的懲罰好了。」

她睜大雙眼，不能理解我怎麼會說出這樣的話。

「我要罰妳，等到手腕上的傷全好了，才可以去學。」雷曉華的出現真的帶來很多的改變。光是沫晨臉上多變的表情，就足以讓我這個主治醫師感到開心了。

「好。」她嘴邊的笑意雖然很淺，卻還是被我捕捉到了。

「周紀緯知道妳要去學吉他一定會很高興。」話一出口，我就後悔了。

真的是，哪壺不開提哪壺。

于沫晨垂下眼，再次翻開筆記本寫下。「你曾經說過我所看到的紀緯，只是我分裂出來的人格，對不對？」

「其實也不全然是這樣，也可能是他的……」急忙地想用所謂的民間傳說來解釋，卻發現這對於只相信醫學的我而言，實在困難。

「不用安慰我，我只是想要知道，他到底在不在。」她撇過臉那泫然欲泣的樣子，讓我鼻頭發酸。

凝視著她極度哀傷的側臉，我低聲地說：「他不在，這五年來都不在。」

于沫晨摀著臉，雙腿發軟，單薄的身體猛然墜地。

「小心！」我衝向前，一把抱住她。

她緊閉著雙眼，眼淚奔流。最極致的悲傷，是連哭的力氣都使不上來。

「不要憋著，想哭就哭出來。」

愛莫能助的我只能緊緊地擁著她，把身上所有力量都給她。

始終站在我們身旁的護理師朝我伸出手，輕輕地接過渾身顫抖的于沫晨。「乖喔！沫晨乖！」

捏了捏鼻尖，我故作鎮定地轉身填寫病歷，不想讓他們看見我眼角滑落的淚水。

沫晨其實很勇敢，勇敢無疑是對病情最大的幫助，可是此刻我的心，就像是被人撕碎一樣。

一刀又一刀，都在淌著血。

第六章

「孟遠穿西裝果然很好看。」曉華翻閱著我手中的相本，輕聲地說：「曾經我們約定好，等他一滿二十歲就要結婚。」

「可是他卻在二十歲那年離開了。」這句話我並沒有寫出來，而是放在心底，最深處的嘆息。

抽出孟遠的獨照，我小心翼翼地放在她的掌心，偏著頭望向窗外。

又下雨了呢。

「兩位美女，醫師巡房。」穿著便服的溫醫師帶著陽光般的笑容走了進來，跟在他身後的正是外科醫師。

「復原狀況很好喔！」外科醫生看向我身旁的溫醫師。「可以將沫晨轉回你們精神病房了。」

「好的，謝謝。」

溫醫師摸了摸我的頭。「恭喜妳，可以學吉他了。」

「是請老師到醫院來教沫晨嗎？」曉華興奮地說。

「不。」搖搖頭，溫醫師臉上出現了一道意義不明的笑容。「以後妳每個月都有七天的外出假，妳媽媽已經替妳找好家教老師了。」

「太好了，這樣我也可以帶她到處走走了對吧？」曉華拍手歡呼。

大家都很開心，可是為什麼我的心，卻一點也高興不起來……

面無表情地望著病房裡每一個微笑的面孔，我怎麼就是笑出不來呢？

曉華因為工作先離開了，偌大的病房裡只剩下我跟站在窗邊的溫醫師。我猜他是在值完夜班後就直接來了，連腳上的皮鞋都還沒換下來呢！

他有著與王睿相仿的氣質，卻沒有王睿的自信與傲氣。溫醫師就跟他的姓氏一樣，是個非常溫暖的人。

外頭下著綿綿細雨，天空是灰色的，今天溫醫師的背影看起來，也是灰色的。

我掀開被單，緩緩走向他。肩並肩，一同望向這場好似永遠都不會停的雨。

「想聽我說一個故事嗎？」

我點點頭。

「所有人都說我對妳特別好，妳有這樣的感覺嗎？」他轉向我，面無表情地說。

不明白他為什麼要這麼說，我下意識退後了一步。

他看著我的反應，失笑。「因為妳很像一個人，一個在我心裡無法取代的人。」

我隨手撥了一下瀏海，再次靠近，等待著他接下來的故事。

「她叫于巧巧，是我還在當實習醫師時認識的女孩。她很開朗、很勇敢，也很愛我，可惜我跟妳一樣擁有相同的故事。」溫醫師捏了一下鼻頭，繼續道。「就是親眼看著最愛的人離開。」

我詫異地瞪大雙眼。

「自己明明是個醫生，卻救不了最愛的人。眼睜睜看著病魔吞噬了她的一切，那時候我是多麼懊悔，為什麼自己要是精神科醫師。巧巧離開後我消極好一陣子，直到有一天在急診室看見了一個搖搖欲墜的瘦小身軀，她無助地蹲坐在地上，那一刻我才頓悟到，身為一個醫生，不該只是一直停在原地自怨自艾，而是要去救人。」

溫醫師的話讓我想起了紀緯出事的那個夜晚……

在急診室外頭，就是溫醫生救了我。

「我永遠都記得妳倒在我懷裡，卻說了一句『不要救我』。其實那時候我很生氣，巧巧是多麼努力地想要活下去卻沒辦法，而妳在倖存之後竟然一心求死。」他的語氣很平淡，緊皺的眉頭卻像是在無聲地責怪我一樣。

沒有回應，我將頭輕輕地靠上窗戶。

「我們是彼此的初戀，卻談了場從一開始就在倒數分離的戀愛。我常常在想，如果一開始我們都不要愛上對方，是不是道別的時候就不會這麼痛了呢？」

轉身拿過筆記本，我咬開筆蓋寫下。「至少你可以知道她一定會離開，並且在還能擁抱她的時候用力對她好，不是嗎？不像我和紀緯連一句好好的再見，都沒能說。」

溫醫師拍了拍我的肩膀。「巧巧曾經跟我說過，先離開的人是因為完成了這一生該做的功課，而我們留下來的人，一定是因為有更重要的事還沒做。所以不可以偷懶，要好好的過日子，只要繳完功課就會見到她了。」

「麻煩，只要死了就可以見到他們了好嗎！」這句話招來溫醫生一記白眼，並非真心，我只是想開個玩笑罷了。

顯然的他沒有感受到這虛無的幽默感，拉起我的手，嚴肅地說：「自殺的人只會陷入無限輪迴，直到陽壽已盡。」

撥開他的手，我聳聳肩。「隨便說說的，我不會再自殺了。」

「只要好好過日子，就一定會再遇見周紀緯的。」

「不要講得跟好好吃藥就一定能控制病情一樣簡單。」

看著我的筆記本，溫醫師笑出了聲。「至少我就是因為這個性念，撐過這五年的。」

凝視著他微笑的側臉，我突然想念起周紀緯。

我，真的能再遇見他嗎？

于沫晨病情好轉的程度，快速到讓所有人都嘖嘖稱奇。

然而最讓我感到欣慰的，是她終於開始接受語言治療了，更願意試著去對每一個人點頭微笑。

「于小姐，妳最近真的非常認真地在接受治療呢！」走到她身旁，我忍住笑意。

她嘴角揚起淺淺的弧度，熟練地刷著和弦。在這麼短的時間內就有這樣程度，想必她是下了很多的功夫。

我拉了張椅子在她身旁坐下。「最近妳看到紀緯的頻率高嗎？」

停下動作，她拱起雙肩，搖搖頭。

「接下來的治療，妳需要去回溯車禍時的情景。我知道這很痛苦，所以如果妳不……」話沒說完，她便站起身。

緊握住我的手腕。「窩……嗚……」緊皺著眉頭，她努力地想要告訴我些什麼，卻在試了好幾次仍舊只是單音之後放棄了。

她無奈地嘆了口氣，拿出口袋裡的筆記本。「我可以的，最痛苦的都已經過去了，我想要好起來。」

「我必須要老實告訴妳，之後我們會調整妳的藥量，這代表著……」我背過身，不敢去探究她眼底的傷口。「妳將會再也看不到周紀緯。」

整個世界像是啞了一般。

窗戶反射了沫晨的動作，她輕輕地放下吉他，將手伸進枕頭底下。

「……」她拉了拉我的衣角。

「妳慢慢說，我在聽。」彎下腰，我雙手搭在她的肩膀上。我們對視著，最後的最後，她仍像洩了氣的皮球一般，垮下雙肩，在筆記本裡寫道。「我會努力放下過去、放下幻想，就像你說的，好好過日子，直到我再遇見紀緯的那一天。」

「過程很辛苦，可是我希望妳記住一件事，妳不會像當初面對車禍那樣孤單一個人，妳有我、有媽媽、還有曉華。」

她點點頭，眼淚撲簌簌地滑落。

「我們一起加油。」我張開雙臂給予她一個朋友般的擁抱。

沒有人喜歡痛苦，但卻沒有人能拒絕它的出現。上天是個精明的生意人，在給我們幸福的同時，也一定會搭配上成倍的痛苦。

這一次，我想為她賭一把。

衝破痛苦的我們，是不是就能獲得永遠快樂的權利。

整整三個月，我哭到睡著，然後再從惡夢中醒來。

分離焦慮讓我食慾不振。好不容易逼自己吃了些什麼，卻又在轉身之後吐得一乾二淨。

時常管不住自己的情緒，對著護理師們咆哮、摔東西、捶牆壁，這些都不是我的本意，因為這讓我看起來比過去更像是精神病患。

「于沫晨，因為妳有攻擊行為，所以我們要把妳帶進保護室裡，這是在保護妳，只要妳情緒穩定就可以出來了。」護理師用約束帶將我的四肢捆綁。

保護室裡又熱又臭，除了床以外，什麼也沒有。

「我要回家……」保護室裡的一切都讓人窒息，我靜靜地望著那唯一可以跟外界聯繫的小窗子。

如果說這一切都是我想痊癒的交換過程，那又為什麼會比生病時還來得痛苦呢？搖頭，我只能無聲地嘆息。

「我要說幾次綁約束帶是用雙套結，還有妳們有確認鬆緊度嗎？為什麼她的手都已經紅腫了還沒有人發現？」我是在一陣吵雜聲驚醒的。

茫然地看向身旁眉頭深鎖的溫醫師，和一臉恐慌的實習護士們。

「很痛吧？」收起不悅的口氣，溫醫師在我耳邊輕聲地問。

搖搖頭，我想對於手腕上的耐痛力，早在我多次割腕時就已經練就超乎一般人的標準了吧！

「回去睡覺吧！明天醒來還有復健工作要做呢！」

甩了甩手，我竟然被自己手腕上駭人的勒痕給嚇到了，有點想笑，卻感受到此時空氣正瀰漫著一股隨時都會引爆的火藥味。

溫醫師平時待人很溫柔，可是他在工作時的樣子，真的非常嚇人呢！

漫無目的走在沒有盡頭的長廊，我單薄的身體裡彷彿有股力量正在緩緩消逝。

這個時間應該是不會有人的，不遠處卻隱約有人朝我走來。我深吸一口氣，挺起胸膛繼續往前走。

「沫晨？」

那道讓我魂牽夢縈的聲音傳來，不用思考，他就是周紀緯。

「我只是想來看看，妳過得好不好。」他稚嫩的臉上蒙上了一層灰。

淚水淹沒了我的眼眶，顫抖的雙手握不住他。「不好……」

周紀緯垂下眼。「我是真的很想陪著妳。在妳無助時、在妳失控時、在每一個妳需要我的時候，可是沫晨，唯有我的消失，妳才能真的走出過去。」

「我不要，我現在就去告訴溫醫師你回來了好不好？我不想好起來，我不要走出過去了，除了你，我什麼都不要！」雙腳跪地，我要用痛楚來證明此刻周紀緯的存在。

「就像以前那樣，我們躲在這個小小世界裡好不好？」使勁地抹去淚水，因為我好害怕下一秒周紀緯就會消失。

他蹲在我身旁，說話語氣很溫柔。「沫晨，這一次我真的要走了，我知道妳的心很痛，我也一樣。一直以來我都是為了保護妳才會出現這世界的，而現在的妳，已經不需要我了。」

「我需要！」

「妳不需要的，其實妳知道我並不是紀緯對吧！」他抬起頭，嘴角揚起了淺淺的微笑。「我是五年前勇敢的妳，我只是想讓心碎的妳能好好活下去。」

胸口劇烈的疼痛使我呼吸困難，抓緊衣領，挨著牆壁不斷地發抖。「騙人……」

「還記得以前的妳總是對我說著過去和怨懟，而我卻老是要妳去相信溫醫師的專業嗎？」

「記得。」

「妳就是我、我就是妳，在潛意識裡我們都是想要好起來的，就像妳選擇相信溫醫師說的話，這五年來紀緯一直都不在。」

站在眼前的周紀緯漸漸地與五年前的我重疊，那兩張同樣稚嫩的臉龐離我好近，卻又是如此的遙遠，我伸出手，將「他們」擁入懷中。

那雙本該是透明澄淨的眼睛，蒙上了一層深不見底的陰霾；應該要綻放笑靨的臉龐，也被不安和恐懼給籠罩。

「對不起……是我沒有好好照顧妳。」我緊緊擁著懷中那狼狽不堪的自己，眼淚奔流不息。「把妳搞成現在這個鬼樣子……」

舉起手腕，清晰可見的傷疤在黑夜裡，只有怵目驚心可以形容。

懷中的身影抬起頭，噙著淚，他只是不斷地搖搖頭。

「這次是真的要離開我了嗎？」視線變得模糊，我已分不清楚此刻在眼前的人影究竟是我，還是周紀緯？

「放下我，勇敢走出那些痛苦的回憶，好嗎？」

「我不要……」

「沫晨，看著我。」周紀緯伸出手，溫柔地拭去我臉上豆大的淚珠。「既然我們說了再見，就一定會再相見的。所以在那一天來臨之前，我給妳一個任務。」

我凝視著他含情脈脈的雙眼。「什麼任務？」

「配合醫生乖乖吃藥，讓自己好起來，再代替我好好的照顧妳。」

「好，我答應你。」

周紀緯滿意地笑了。「那我們打勾勾。」

「打勾勾。」我用盡了全力勾住他的食指。

答應要好好照顧自己，卻仍是捨不得放開手。

「我們都不要哭，就笑著說再見，好嗎？」

感受到他逐漸散去的氣息，我的眼淚再次傾瀉而出。「這好難。」

「那我考妳一個問題，迪士尼的辛巴姓什麼？」他的嘴角掛上微微笑意。

「幹麼問這個啦！」

「答案是……姓王，因為獅子王辛巴。」

「白痴喔！」

笑話很白痴，卻成功讓我笑了。

發自內心，睽違五年的笑容。

「笑起來很漂亮嘛！記得喔！以後要多笑。」周紀緯舉起手，輕輕地揮動。「我愛妳，再見。」

揚起嘴角，我緩緩地舉起手。「我也愛你，再見。」

看著周紀緯的臉孔再度與五年前的我交疊，臉上陰霾漸漸散去，像是獲得特赦一般，我的心不再糾結。

「再見！再見！周紀緯再見！五年前的于沫晨再見！我們一定要再見喔！」我對著他們的背影揮手吶喊著。

他們轉過身。「會的！說了再見就一定會再見的！」

此刻的我才知道，笑著說再見，並不難。

放下過去，昂首未來。

我知道自己不會再是一個人孤軍奮戰。

「……早、安。」身為醫生，最感動的莫過於看著自己的病患有了大大進步，我瞪大雙眼望著眼前笑靨明顯的于沫晨。

「妳剛剛是說早安，對嗎？」我緊抓著她的肩膀用力搖晃。「太好了！妳終於可以開口說話了！」

她抿著嘴，害羞地撇開眼。

「再說一次好嗎？我想把它錄起來。」拿出手機湊到她面前，她那一臉驚恐的樣子惹得我發笑。「抱歉！我興奮過頭了。」

「請問什麼事那麼開心啊！」雷曉華提著滿滿的食物走了進來。

我清了清喉嚨，一臉得意。「剛才沫晨跟我說早安了！」

雷曉華用力轉過頭，湊到她面前。「真的假的？」

于沫晨點頭。

雷曉華崩潰地拍了一下額頭。「不公平啦！應該要先讓我聽到妳說話的啊！我們是好朋友耶！」

見她浮誇卻又真實的反應，我和于沫晨都笑了。「呵呵！」

那一瞬間，我們三人的視線在空中交錯，剛才，她是笑出聲了對吧？

滿滿的成就感占據了我心頭，下意識地伸出手，撥亂了于沫晨的瀏海。「好棒！身為妳的主治醫師，我覺得非常驕傲。」

餘光瞥見雷曉華曖昧的眼光。「妳的那個眼神是怎樣？」

「沒有啊！」聳聳肩，她轉身走了出去。「我去外面接個電話。」

我低下頭寫著病歷，直到沫晨遞上了她的筆記本。「該怎麼做才能好好活到……我們見到心愛的人的那一天。」

挑眉，我笑說：「妳真的問對人了，我們去一個地方好嗎？」

她偏著頭，一臉困惑。

「距離我下班還有一個小時，等等我換好便服之後，再帶妳去找答案。」

沬晨瞇起眼笑的樣子很美，以前我總習慣在她身上尋找著巧巧的影子，然而我們越是熟識，就越容易發現，她們兩個很不同。

唯一相像的地方，是她們都很專心、很用力的，喜歡著她們的初戀情人。

湛藍色的海、晴朗無雲的天空、三個失去摯愛的年輕人。

「海和天看似永遠無法相擁，卻會在地平線交會。」溫醫師凝視著前方，輕聲地說：「生與死好像是兩個世界，卻會在回憶裡重逢。」

「回憶呀……」曉華蹲下身，撿拾著石頭。

我看見了她右肩膀上的瓶中信刺青，伸出手輕觸。

「這個瓶中信是我的新朋友，前幾天剛刺上去的。」她轉過頭來，帶著淡淡笑意。「覺得有好多話想對孟遠說，於是我把話都裝進瓶子裡了。剛好今天溫醫生帶我們來看海，這封瓶中信總算可以寄出去了。」

脫下帆布鞋，曉華大步跑進海裡，在陽光下綻放了最耀眼的笑容。濺起的水花灑在我和溫醫生身上，其實，我也好想跟她一起玩。

「妳快去呀！我不會介意自己車上都是沙子的。」他一眼就看穿了我的顧慮，伸出手，將我往前推。

「沫晨快來！」曉華走向岸邊，粗魯地替我脫去涼鞋，牽起我的手，再次奔向大海的懷抱。

一個踉蹌，我們雙雙跌進了水裡，膝蓋微疼，心頭卻放鬆地讓我好想大哭。靜靜地坐在冰涼海水裡，沙灘上的溫醫師對我們揮揮手，又是那瞇著眼笑的笑容，像極了十九歲時的王睿。

前幾天，我在電視上看見了王睿巡迴演唱會的廣告，又是日本武道館，那個他曾經答應周紀緯要一起到達的夢想殿堂。看著他越來越耀眼的身影，我常在想，如果這世界上所發生的一切都是註定好的，那為什麼老天爺要對紀緯、孟遠、林尹那麼苛薄呢？

「算了，不要胡思亂想了。」甩甩頭，我起身朝前方的曉華背後潑水，全身溼透的她回過身。

「害我內衣都濕了啦！妳！死！定！了！」她放聲大叫。

「哈哈哈。」

睽違已久的笑聲，伴隨著清澈的海水聲，關於快樂這片殘破不堪的拼圖，正被我一點一滴地找回來了。

「真是一幅美麗的畫。」曾經我以為不會再看見她臉上掛滿了笑容，於是這眼前的美

麗風景，就更顯得不真實。

因為曉華的勇敢，帶給了沫晨無比的力量，她不再抗拒回憶起過往的日子，而我陪著她一點一滴從破碎的畫面裡找到生命的出口。

她很認真地復健，只因為她告訴我。「我想開口唱歌。」

然而這一切的美好，都是建築在沒有王睿的前提之下。她仍舊不願意對任何人談起王睿和吳宛怡。

很久以前與吳宛怡的不歡而散之後，我也沒再見過她了。

「喂！我是溫若仁。」

「學長！你晚上可以幫我代班嗎？我家裡有點急事。」話筒的那一頭，傳來學弟著急的聲音。

「沒問題，我現在就回去。你先準備東西趕快下班吧！」掛上電話，我對著在海邊玩得不亦樂乎的女孩們大喊。「美女們！我晚上臨時要值班，要請妳們移駕到岸邊了喔！」

全身溼透了的于沫晨帶著燦爛笑容，率先跑向我。拿出早已為她們準備好的毛巾，我笑著用毛巾遮住她的頭。有那麼一瞬間她的身影與巧巧重疊，這讓我想起了一個實習護士這麼說過：「溫醫師你是喜歡沫晨的對吧？如果只是醫生和病人之間，沒道理這樣悉心呵護啊！」

她扯下毛巾，先是狠狠地瞪了我一眼，接著發出爆笑聲。

微微一笑，我轉身走向車子。

「我是真的很喜歡她，但絕對不是愛情的那種喜歡。」巧巧離開後，我的心一直是間吉屋等待著出租，只可惜房東念舊，還努力地保存著前房客的一切，等著她哪一天回來，不至於流離失所。

而我想，沫晨也已經住進了一間名為「守候」的公寓裡了吧！無緣無悔地守護著那些快樂的時光，等候著下一次見面的緣分。

「溫若仁快點開廣播給我聽，等一下四點會有這禮拜發燒星的專訪。」曉華的聲音將我拉回現實中。

「這禮拜發燒星是誰？」我說。

「誰知道。」

透過後照鏡瞥見偷偷打了呵欠的于沫晨，她將目光停在車窗外的世界，曉華則滔滔不絕的分享著自己有多喜歡這個ＤＪ的節目。

「雷小姐，妳一天所講的字數，相當於沫晨一個星期所講話的數量。」我笑著說，招來她一陣亂打。

「要你管！」

沫晨噙著笑，推了曉華的肩膀。

「也許這庸庸碌碌的／黑白世界你不懂

生命中所有的路口／絕不是盡頭

別怕／讓我留在你身邊／都陪你度過」

廣播裡傳來陳奕迅溫婉而堅定的歌聲，跟著旋律我輕輕哼唱。

很喜歡這首歌，因為巧巧的離開，曾讓我怨嘆著老天爺的不公平，然而生命中所有的路口，絕不是盡頭，走過的我們，也終將活出最勇敢的人生。

「你不只氣質像王睿，就連唱歌都很相似。」身後傳來曉華的聲音。

「這麼說來，我得到全院人氣王，也要歸功於他了！」我笑著說。

「才不是，你會受歡迎是因為你視病如親，跟那個踩著別人屍體往上爬的傢伙才不一樣。」

透過後照鏡我看見了曉華憤怒的表情，于沫晨仍是靜靜地望著窗外的世界。

每當我提起王睿時，她都是這一副充耳不聞的樣子。

不意外。

看見她後頸微微露出的刺青。我注意她們身上的刺青很久了，以前總認為那是一種傷害身體的事情。

直到我認識了她們才知道，有些人、有些事，就是這麼值得被深深刻在身上，永永遠遠跟我們在一起。

「曉華，如果我說，我也想跟妳們一樣，把有關巧巧的回憶刺在身上，妳會不會覺得我瘋了？」

「會，因為我永遠無法忘記你第一次見到我時，說我的刺青是一種傷害自己的行為。」她笑了。「而且你是個醫師，有刺青給人的觀感會不太好吧！」

聳聳肩，我說：「妳是不是忘了我都穿著長袍了？」

「也是。」她低下頭，翻出了包包裡的東西，遞到我身旁。「這是我的名片，歡迎你來找我。」

接過名片，我隨手將它放在胸前的口袋裡。

「歡迎收聽FM 99.1好聽聯播網，我是今天的FUNFUN DJ丸子，在今天的音樂發燒星開始之前，要先來跟大家討論一個非常驚天動地的娛樂消息。」

我轉大了音量，豎起了耳朵。

「台灣首席男子天團的團長王睿，在今天早上發布了退團聲明，初估違約金將超過兩千萬。不過截至目前為止，王睿的手機都是關機的狀態，網路上歌迷發起了連署活動，希望王睿不要因為一時衝動就退團了。」

偷偷瞄向後座兩位女孩的反應，一個面無表情、一個嗤之以鼻。

「一聽到消息的時候，丸子也是非常震驚的，但是我想有在關注王睿的歌迷朋友可能不難看出，他最近真的是處於一個低潮期，不管是他的臉書貼文也好、甚至是新歌作品，我相信讓他沉澱了一段時間之後，一定會再回來的。」

曉華一步向前越過我，關掉了廣播。「屁話！他根本就只是一個吃到甜頭就離開的傢伙而已，無論過了幾年他還是只會這一招，踩著別人往上爬，當初背叛了 Healer 加入偶像團體，現在有了知名度，八成是想單飛了。」

「或許他也有無法跟大家好好解釋的苦衷吧！」我覺得一個事業如日中天的人，是不可能在這種時候做出會毀壞自己前程的事情的。

曉華對於我的說法完全不以為然。「可能又有大公司要挖角吧！你想想看違約金超過兩千萬耶！那是一個小小歌手付得出來的金額嗎？」

王睿之於她們兩人，就像一根刺插在心頭上：唯一不同的是曉華會喊痛，沫晨則是以為不去接受，就不會有感覺。

「溫醫師，今天晚上是你幫吳醫生代班對嗎？」回到醫院，值班的護理師便朝我走來。

「對。」

「吳醫師一直有一個很特殊的病人，今天剛好是他回診的日子，可能要麻煩您簽一下保密切結書。」看見護理師一臉神祕的樣子，我皺起眉頭。

什麼樣的人物還敢請醫師簽切結書？

一直以來維護病人隱私都是醫師的職責不是嗎？

「他以為自己是什麼大明星是不是！這麼不信任，請他改時間等吳醫師回來不就好了。」我冷哼。

護理師招了招手，我彎腰靠近她，她用氣音對我說道。「他真的是大明星啦！」

我說，這人生啊，就是這麼奇妙。

靜靜地等待著，眼前這個戴著鴨舌帽和口罩的高䠷男孩開口說話。

原本以為早在我接過他病歷時，就已經調適好自己的真實情緒了，卻還是忍不住感到激動。

「王先生您好，我是今天代班的溫若仁醫師。」

「您好。」他脫下口罩，緩緩地抬起頭，帥氣的臉龐竟是配上了一雙毫無生氣的眼睛。

「今天是想照樣拿藥就好嗎？還是有什麼不舒服的症狀呢？」

看著他憔悴的神情，我知道，他生病了，而且從病歷來看，這生病的時間並不少於沫晨。

「我需要請你們幫我開一張證明，證明我有精神疾病。」脫下帽子，他撥了撥凌亂的頭髮，緊緊握住我的手說：「唯有這樣我才能離開演藝圈，離開那個像地獄一樣的舞臺。」

「開診斷書是絕對沒問題的，但是基於一個希望能替你把傷害減到最低的立場，可以告訴我究竟發生了什麼事嗎？」我壓低音量，湊到他身旁。

王睿甩開我的手，一個重心不穩摔倒地面上，緊緊環住自己的雙肩，不斷地顫抖著。

「是我害死他們的！我是殺人凶手！我就是踩著別人屍體往上爬的凶手！」

熟悉的話語傳入耳裡，這不是曉華下午在車上對我說過的話嗎？

難道他們見過面？

不可能啊！我們三人下午都在一起，時間點是不可能相遇的。

「你見到了什麼人，是嗎？」我小心翼翼地向他靠近。

「我會生病都是因為報應！對！是報應！是我害死紀緯他們的報應！」他歇斯底里地在診間裡大吼大叫。

現在情況我真是越看越不明白，王睿此刻的情形看來是受到了巨大的打擊，但是距離死亡車禍都已經快六年了，他還有這樣的反應非常不尋常。

「他們的離開不是你的錯，你不需要感到自責。」

「你根本就不懂，這一切都是我害的，我才是這世界最該死的人。」眼淚止不住，王睿就這麼跌坐在地上，哭得像個小孩一樣。

「他們的離開是因為意外，並不是因為你邀請他們擔任專輯伴奏。」

我蹲在他身旁，語氣平淡得彷彿是在說著你好一樣。

他瞪大雙眼，提高了音量。「你怎麼知道這些？吳醫師答應過我不會跟別人提起的，他還簽了切結書。」

「你冷靜一點，我會知道這些事情跟吳醫師一點關係也沒有，單純是因為……」

我伸手將他扶到椅子上。

「我是于沫晨的主治醫師。」

那是我從未見過的表情，既震驚卻又感到絕處逢生，王睿的臉上閃過一陣狂喜，隨即又被恐懼給吞噬。

「沫晨……」他垂下頭，喃喃自語。

「我曾經試著透過沫晨的妹妹聯絡你，卻始終沒有下文。」

王睿抬起頭，與我四目相對。「她怎麼可能會告訴我，她巴不得把我蒙在骨子裡一輩子。」

「我聽不太懂。」

「她是我最愛的人，卻眼睜睜看著我被憂鬱症纏身，甚至到了最後一刻她還在對我說謊。」王睿雙手抱頭，所有的五官全皺在一起。「我真的不知道第一次登上武道館的那一晚，紀緯他們就出了車禍、也不是故意不去見他們最後一面，是因為所有我身邊的人都隱藏了消息。我沒有一天不活在自責與愧疚裡，你不知道我有多希望當初那個死亡車禍，自己也在裡面。」

他拉起袖口，深淺不一的傷痕映入我眼前。

「你割腕？」

「我不只割腕，還吞過安眠藥、燒過炭。」王睿冷笑，那痛苦夾雜著諷刺的笑容，讓人頭皮發麻。「可惜我死不了，因為那些口口聲聲要我為了夢想好好活著的人，一再把我從鬼門關裡救回來；或許打從我一開始離開 Healer 就要有所覺悟，這一輩子，我們都不可能再做兄弟了。」

「這些年來沫晨一直都活在車禍的陰影之中，我眼前的你也是。但其實這件事的發生都只是因為意外，跟你們一點關係也沒有。」我說。

王睿環顧了四周，雙眼迷濛。「我在他們離開的那一晚，站上了曾經約好要一起到達的舞臺，你要我怎麼原諒自己？別說再見了，我到現在連一聲對不起都沒能親口對他們說。」

「那是也是因為你有工作在身，不要再自責了。」

王睿不再說話，拿起桌面上的紙筆，緩緩地寫下了一行字。

「我只是一個，被他們用夢想綁架的魁儡。」

「他們是指誰？」

「經紀公司的所有人，還有吳宛怡。」王睿的手機不斷地響起，餘光瞥見了來電的正是吳宛怡，可他卻像失聰一般，不接通也不掛斷。

壓抑著心中的詫異，我想王睿會對我這麼一個素昧平生的醫師說出心裡話，是因為這些種種已將他推向邊界，下一步或許他就會選擇死亡。

「這幾年來，你很孤獨吧！」輕拍他肩膀，總覺得現在的他，就像以前的沫晨，無助地讓人心疼。

點點頭，王睿凝視著我，那一瞬間空氣彷彿凝結了。

這是他的求救訊號，然而現在唯一可以拯救他的人，並不是我。是有著與他相同經歷的沫晨，就像曉華拯救沫晨那般，此時此刻王睿最需要的其實是沫晨。

偏偏他卻是她最恨、也最不願觸及的傷口。

哪怕從王睿的口中，我已經明白他並不如沫晨所說那樣冷血無情，只是要她在短時間內去相信這麼多年來根深柢固的感覺其實只是一種錯覺，恐怕很困難。

我需要顧及沫晨的感覺，卻無法無視王睿棘手的情況，煩躁地輕拍了胸口，一個奇異的觸感，讓我靈光乍現。

「對了！曉華！」我趕緊拿出胸前口袋裡雷曉華的名片。

比起沫晨的避而不談，也許有話直說的曉華更能體諒王睿這些年來所經歷的一切。

「請問你說的曉華，是雷曉華嗎？」王睿的眼中閃過一絲欣喜。

「對。」我點頭，遞上了曉華的名片。「你需要一個通往過去的出口。雖然沫晨這邊是此路不通，但我相信只要把所有的事情都告訴曉華，總有一天她會帶你走向沫晨的。」

坦白說，我其實一點信心也沒有。

「我說這是哪個陌生電話，原來是你啊！」我站在店門口，握住手機的手輕輕顫抖著。

「現在方便找我們刺青師傅討論一下圖案嗎?」我說。

「當然。」

推開厚重木門，裡頭的擺設完全出乎我意料之外，明亮的採光來自於大片落地窗，擺放整齊的器具，空氣中甚至還瀰漫著一股濃濃的咖啡香。

「天啊!這裡是咖啡店吧!」我驚呼。

她背對著我說:「怕客人會痛昏，我常泡咖啡給他們提提神。」

「我來!」見她瘦弱的身體打算搬起重物，我一個箭步衝向前。

「謝啦!」曉華揚起淡淡的微笑，直到她緩緩轉過身，看見我身後的身影，表情大變。「出去。」

「曉華姊……」王睿垂下雙眼，輕聲喚著。

「我不認識你，這裡不歡迎沒有預約的客人。」曉華越過我，踩著沉重的步伐走向大門，用十分冷漠的口吻對王睿說:「先生，請你出去。」

王睿無助的視線與我相交。我給了他一個肯定的微笑，幫忙打圓場。「不要這樣，王睿他只是想請妳幫忙刺青。」

「所以他是你帶來的?」曉華瞪大雙眼。「你忘記了嗎?他把沫晨害成什麼樣子?」

「曉華，妳不可以把沫晨生病的原因全怪給王睿。」我以堅定的態度，配合非常溫柔的口氣。「王睿有他苦衷，妳聽他說，好嗎?」

「不好。」她撇過頭。「因為我覺得他才是最應該去死的人。如果有什麼苦衷，不過也都只是報應而已。」

空氣瞬間凍結，我直視著面色鐵青的曉華。始終低著頭的王睿，伸手抹去了淚水。

我抹了抹臉上的狼狽，伸手拉起王睿走向大門。「我還是先帶王睿回去好了！」

我想我做錯了，曉華不會是王睿靠近沫晨的窗口。

她是座火山，而我正是將王睿推入火坑的始作俑者。

「我當然知道這是我的報應！」王睿用力甩開我的手。「對！我是做錯了，錯在我不應該被利益沖昏頭，但我真的不是故意對他們的死不聞不問。那時候我在國外舉辦巡迴演唱會，經紀公司隱瞞了他們出車禍的事情，就連宛怡都跟著一起騙我紀緯他們已經完成了專輯的伴奏。

本來以為開心回到台灣以為就能見到他們，可是為什麼迎接我的卻是這樣的消息？那時候我跪在沫晨家門口，一直跪、一直跪，她卻說什麼都不願意見我一面。」涕淚縱橫的王睿惹得我鼻頭發酸。

「你以為她還管得了你？你知不知道當時的她，根本連一絲絲的求生意志都沒有。」

曉華雙手握拳，咬牙切齒的說。

「難道我就會比較好過？林尹是我從小穿著同一條褲子長大的兄弟、孟遠是我心目中永遠的哥哥、紀緯是給我勇氣追夢的朋友，妳不能因為我背叛過他們就認定我的心不會痛。」王睿朝自己的胸前狠狠地拍打。「他們可以罵我、揍我或是出專輯後狠狠消費我，但是他們不能連一聲再見都不跟我說，就一起走了啊！只剩下我一個人的音樂夢，要怎麼樣……」

我伸出雙手，緊緊擁住情緒失控的王睿，他就像是一個茫然無助的孩子，無處宣洩。

只能哭、放聲大哭。

「你說的都是真的嗎？」曉華一步步向我們靠近。

「是真的，這幾年來我每天都在想，如果我死了，是不是就可以給他們的家人一個交代了。」離開我的擁抱，王睿伸出布滿傷痕的雙手。「我真的沒有騙人，我願意以死謝罪。」

豆大淚珠沿著曉華的臉頰緩緩墜落，她凝視著王睿，沉默不語。

「曾經串聯著我們的音樂，現在卻是對我的凌遲，什麼國民偶像、亞洲天團，我他媽根本不配。」

曉華怒喊，高舉雙手。「閉嘴！死屁孩，從以前到現在一點長進都沒有。」

原本以為她那一巴掌是要落在王睿的臉頰上，結果竟然是後腦杓。曉華像姊姊打弟弟一般，往他的後腦杓打了下去。

「既然是活下來的人，就更應該要珍惜自己的人生，覺得對不起他們，還不好好完成你們的夢想。」曉華嘴角淺淺上揚的弧度落進了我眼底。「我下一個預約的客人要來了，快滾，一個大男人在這裡哭哭啼啼多噁心。」

「可是我……」王睿拉住了她的手。

「回去想好你要刺什麼圖案，再打電話來預約。」曉華話一說完，帥氣轉身，走進了工具室裡。

這一刻的她，正在閃閃發光。

不僅是照亮了王睿灰暗的心，更為我的世界帶來了巨大的改變。

「對了！屁孩，刺青是很痛的！要是你痛到哭我可不管。」曉華猛然回過頭，揚起一抹邪笑。

這樣的她和以往很不同，這就是他們學生時期相處的模式吧！

「下雨了。」

我撐起傘，對著在眼前狼吞虎嚥的雷曉華說。

「討厭，原本想說天氣這麼好，才約妳在外面吃東西的。」蹙眉，她嘟著嘴抱怨的樣子真的很可愛。

「沒關係啦！我們醫院的室內會客室也很美啊。」溫醫師帶著燦爛的笑容小跑步向我們。

他們交換了一個奇異的眼神，我瞇起眼。

「你們，有祕密喔！」我笑著遞上飲料給溫醫師。

輕輕挑眉，他的眼底滿是激賞。「話真的越說越好了，可惜我們沒有妳想的那種祕密。」他推了我額頭。

午後雷陣雨來得又急又快，我轉過頭看見頭髮微濕的曉華。

「還記得我跟孟遠分手那天，也下著大雨呢！」她撩起頭髮，語氣失落。「我帶了傘，卻故意把它丟在孟遠面前，以為這樣他就會追上來。」

「他沒追上去嗎？」我問。

「沒有，那個笨蛋完全不知道女生說討厭你，並不是真的討厭你。」她笑出聲，搖搖頭。「遲鈍的木頭。」

「我還記得以前我問他為什麼不追回妳，他說因為他還不夠資格。」

孟遠失落的表清浮現我腦海，酸酸地，是我的心。

「愛就是這樣吧！應該要及時把握，才不會有一天後悔。」曉華搭上我的肩，屬於她和孟遠的薄荷草味沁入鼻息。

「不只是愛情，友情也應該要好好把握。」溫醫師捲起衣領。

「你的手！」我驚呼，他手上的刺青，只需要一秒，我便能認出是出自於誰的手藝。

「好看吧！」曉華抬起下巴，一臉驕傲。「那是小麥花，世界上最美、花期卻最短的花，就像若仁和巧巧的愛情一樣，雖然短暫，卻是世界上最完整的初戀。」

「那小麥花旁邊的，是桔梗嗎？」我說。

「答對了！那是我對他的祝福，希望他的愛情能像桔梗的花語一樣，幸福再度降臨。」

莫名地因為曉華的一席話而溼了眼眶，我豎起大拇指。「我好像突然懂孟遠為什麼會把樂團取名為 Healer 了，因為妳不僅是刺青師，更是每一個客人的治癒者。」

「如果妳願意，是有一個傢伙很需要妳的治癒。」她失笑，和溫醫師交換了眼神。

撇過頭，我伸長了手。「大廳有人在表演，我們走吧！」餘光看見了他們無可奈何的笑容。

對不起，我還沒有準備好。

就像明明已經可以出院，卻還懦弱地躲在這個不見天日的地方。

面對陽光普照的未來，我很害怕。

害怕會在某一個風和日麗的午後，想起紀緯，然後痛苦到不能自已。

「紀緯，你覺得我該原諒王睿嗎？」睡前對著照片說話，已經成為習慣。

其實我知道，心中所認定那個冷漠無情的王睿只是誤會，因為那天他們的對話我都聽見了……

那天午後，我拿起電話卡走向公共電話，習慣在下午打給曉華，然後一邊聊著天，一邊看窗外的夕陽落下。

「剛剛若仁說要來找我討論刺青圖案耶！」我聽了忍不住挑眉，曉華可能沒發現，她對溫醫師的稱呼已經和過去不同。

「真好奇他想刺的圖案是什麼。」

「對呀！咦！他好像來了，那我們晚點聊喔！」從吵雜的聲響來推斷，曉華應該是忙著收拾器具，卻忘了掛上電話。

忍住笑意，我調皮地摀著嘴說：「電話是妳忘記掛的喔！我可沒有偷聽。」

偷偷在心底期待著他們之間會出現的燦爛火花，卻在一道熟悉又陌生的聲音響起後我遲疑了。

「我當然知道這是我的報應！」那個我以為此生再也不會出現在的傢伙，回來了。

我止不住顫抖的雙手，心臟狂跳，冷汗直流。

他為什麼要出現？

又為什麼會過得不好？

相片裡的紀緯笑彎了眼，右手攬著我的腰、左手搭在王睿肩上。

一直以來紀緯最喜歡的團員就是王睿，雖然他們常常意見不合，卻有著對音樂相同的執著與目標。

也因為如此，王睿當初的離開，才會成為紀緯心裡一道永遠無法癒合的傷口。

這樣的人，還值得我同情嗎？

「我該怎麼辦？」然而，照片裡的紀緯並沒有回答我。

「如果那個我幻想的你還在，又會對我說些什麼呢？」

薄霧從窗外透了進來，清晨的涼意讓我打了個冷顫，睡在我隔壁床的女孩伸了個懶腰，揉揉惺忪睡眼。「妳最近是不是都睡不著？」

「我吵到妳了？」我說。

「沒有，我只是在想，能不能幫妳做些什麼。」她搖搖頭，掀起被子，躡手躡腳地走向我床邊坐下。

「我也不知道自己的問題到底出在哪裡。」搖搖頭，我拒絕了她的好意。

她聳聳肩，望向窗外。「妳看！我們雖然錯過了最美的日出，卻迎來了一整天的燦爛陽光。」

我彎著頭，帶著疑惑的目光。

「放下一直擱在心裡的結，就會看見不一樣的風景。」

她的一席話在我心裡不停迴盪著，只是要放下王睿所做的一切，對我來說談何容易呢？

空中的白雲緩緩飄過，曾經我將快樂遺失在這片藍天裡，忘記了笑、也忘記了自己存在這世界上的意義。

因為有了曉華和溫醫師的出現，我才開始學會用力呼吸，並且帶著那些深淺不一的傷口，來到了二十四歲的夏天。

我坐在曉華的店裡，悠哉地轉著電視節目。

「王睿一直以來都很努力想融入我們，但是他並不快樂，這一點我們都看在眼裡。」電視畫面裡長相俊美的男孩拿著麥克風，面無表情地說著。「多年前的一場意外帶走了他最重要的人，為了不讓喜歡他的粉絲難過，始終戴著面具，欺騙著大家他很好。」

呆愣著看向電視螢幕，我不太確定自己是否有把這些內容聽進去，抑或是左耳進、右耳出，只是鼻頭在發酸、心口也是。

「那請問你們對於天價的違約金有什麼想法嗎？」

記者高舉麥克風，奮力地向前推擠著。

「沒有想法，我們只希望他能獲得真正快樂。」男孩皺了皺眉頭，動作很輕地推開了麥克風。

「那麼有謠傳說，他的個人代言將由你接手是真的嗎？」

男孩冷哼了一聲。「是真的，但是所有的廣告收益我都會拿來替他付違約金。」鎂光燈不停閃爍，男孩快步轉身走向後臺，隔絕所有媒體。

不知道從何時開始，曉華早就放下手邊工作，坐到我身旁了。

「他很幸運。」我說。

淺嘗了一口咖啡，她點點頭。「其實他現在的團員也待他如親兄弟，只可惜他一直活在紀緯他們離開的陰影裡。」

「嗯。」對於王睿，其實我已不再憤恨不平，只是這幾年缺乏談論他的練習，不知從何開口，也就乾脆不問不聽了。

凝視著曉華專注的側臉，我突然好羨慕她的坦率與自然，不曉得王睿最後選擇刺了什麼圖案在身上呢？

「幹麼那個眼神看我？有什麼想問的妳就問啊！」

匆忙地撇開視線，我佯裝不在意抓了抓頭髮。「沒有啊！」

「他在左胸前刺了孟遠、林尹、還有紀緯的名字，跟一串數字。」

不在意為何會被看穿心事，我拉起曉華的手追問道：「什麼數字？」

「2010.10.14」

「那不就是他站上武道館的那一天嗎？」

所以他刺青根本為了紀念自己的成就，對於刺上他們的人名，不過是一種贖罪吧？

「妳怎麼忘了呢？那不也是紀緯他們離開的那一天嗎？」

曉華輕輕地放下手中的杯子，抿了抿嘴。

「王睿一直對於無法跟他們親口說再見的事情耿耿於懷，我帶他去見過孟遠了，林尹的姊姊也答應他有空可以去陪林尹聊聊天。」

我茫然地直視著前方，所有人都已經放下了，是嗎？

紀緯的媽媽一直是個溫柔的人，她應該也讓王睿去見過紀緯了吧！因為宗教關係，紀緯並沒有跟孟遠他們長眠在同一個地方；除了家人與我，並沒有人知道紀緯在哪裡。

「親愛的，那妳呢？」曉華溫柔地攬過我的肩頭。「妳願意讓他去見見紀緯嗎？」

我驚訝地轉過身看著她。「紀緯的媽媽不答應嗎？」

「她沒有不答應，只是想把這個決定權交給妳，她希望妳快樂，所以任何有可能讓妳感到不舒服的事情，她都不會貿然答應。」

一股溫暖又心酸的情緒湧上心頭，我再也克制不住壓抑的情感，就這麼讓眼淚傾瀉而出。

一直以來，我都認為紀緯的媽媽會埋怨、怪罪我，當初不應該讓她兒子參加比賽的，可是這麼多年來她非但沒這麼做，甚至把我的感受放在第一位。

她始終是一個溫柔又疼愛我的好媽媽。

哪怕我們這一生，已無緣成為一家人，她仍是愛著我的。

「嗯，我願意。」我拿起身旁的紙筆。「這是納骨塔的地址，還有一些他喜歡的零食餅乾，可以帶過去給他。」

就在遞上紙條的瞬間，我終於可以在面對王睿這個話題時，發自內心的微笑了。

「那如果他想見妳，妳願意嗎？」曉華偏著頭，小心翼翼地問道。

牆上的鐘靜止了、街道上的車子也停駛，整個世界只剩下我和曉華的呼吸聲。

她在等待著我的答案，而我也是。

想聽到自己內心深處最真實的聲音。

「我不知道。」抓起包包，我卻是奪門而出。

這是一種逃避我知道，溫醫師要我去正視內心的恐懼我也知道，只是要平靜地與他面對面的坐著聊天——

我不確定自己可以做得到。

「啊！」拉開木門，一道嬌小的身影猛然撞上。

「小心！」我下意識伸出手想攙扶她，對上了沫晨那雙泫然欲泣的杏眼。「發生什麼事了？」

「好難受……我真的不知道該怎麼辦……」她緊抿著嘴脣，抬高下巴努力地不讓眼淚滑落，卻仍是在我的關心之後，撞進我的懷抱裡泣不成聲。

輕輕地擁抱住沫晨，手掌落在她背後的瞬間，曉華推開了大門，她瞪大了雙眼。

我們的視線交錯，下一秒，她撇開眼。

「曉華……沫晨她……」

「對不起，我不該逼妳去見王睿的。」曉華站在沫晨身後，明顯地閃避了我的視線。

「不是妳的問題，是我自己太糾結，就像明明已經可以開口說話了，卻始終無法唱歌一樣。」離開懷抱，沫晨走向曉華。「始終被自己的心魔困住，其實我並不討厭王睿，也真的已經放下過去的種種；只是不明白，那種伴隨著懊悔與罪惡的情緒為什麼會一直纏著我。」

「還記得我們曾經做過的音樂治療嗎？」我說。

沫晨點點頭。

「曉華借我店裡的音響好嗎？」

「嗯。」她不自在地哼了一聲，牽起沫晨的手，走進室內。

歪頭、聳肩，我很肯定自己沒有惹到雷曉華，她這是什麼態度？

如果說，女人心是海底針，那雷曉華的心，絕對就是宇宙中的塵埃。微小到肉眼看不見、也永遠別想去掌握。

「妳很美／第一眼我就發現
落在身上的愛就這麼收不回
喜歡天空的妳／我好想變成雲
霸占妳的目光／沒收妳那愛笑眼睛

此刻下定／我的未來有妳
給妳幸福給妳快樂／哪怕流淚也甜蜜
讓妳使喚把妳寵壞／我要全世界說妳有公主癌

泡沫會破／愛卻很長久
清晨微涼／擁妳在懷中

請妳嫁給我／讓頭號粉絲變成老婆」

「知道這首是誰寫的嗎？」音樂結束了，我看向淚眼汪汪的兩位美麗女孩。

「詞是紀緯，但曲風不太像。」沫晨搶先回答。

「嗯，因為曲是王睿做的，這是紀緯唯一留在他那的東西，一首完整的歌詞，獨缺了適合的曲。」

彷彿是坐上了時光機，我穿著制服坐在頂樓的鐵桶上，王睿抱著吉他一臉哀怨。

「欸！于沫晨，妳到底喜歡什麼樣的曲風啊？」

「問我幹麼？我又不懂音樂，我喜歡的也未必歌迷就會喜歡啊！」

「妳管他們喜不喜歡，我現在是在問妳耶！」王睿調皮地掀起我的百褶裙。

「喂！你幹麼啦！」大叫一聲，我跳下鐵桶追打著他。

紀緯和孟遠從樓梯口走了出來，臉上掛著滿滿的笑意，看我狂打王睿。

「周紀緯，他欺負你女朋友你還笑。」我大步跑向紀緯，他先是大笑了幾聲，接著將我擁入懷中。

「你真的很無聊。」孟遠熄掉菸蒂，踹了王睿一腳。

還記得那天的風很有青春的味道，我們並肩靠在圍欄邊，聽著孟遠提起他與曉華的從前。

眨眨眼，思緒回籠。我輕笑，原來那時候王睿是在幫紀緯做這首歌的曲子啊！

「這首歌，他欠了我好多年。」

「他就這麼退出演藝圈實在很可惜。」曉華說。

「我和他的主治醫師聊過了，他也覺得離開對王睿才是最好的，因為這些年來，他並不快樂。」

「那麼見過孟遠跟林尹的他，快樂嗎？」我抬起頭望向窗外的藍天，如果不是紀緯歌裡寫到，我幾乎要忘了自己是個喜歡藍天的女孩。

溫醫師點點頭。「失眠的症狀好多了。」

曉華的客人來了，我和溫醫師揮手與她道別。

「那個CD可以留在店裡，讓我放給客人聽嗎？」她伸手拉住溫醫師。

「妳要問沫晨喔！這是王睿託我送給她的。」

我停下腳步，深吸一口氣。「送妳啊！不過溫醫師麻煩你請王睿再補一張CD給我。」

他們都笑了，曉華給我一個大大的擁抱，溫醫師則是摸摸我的頭。

「走吧！我晚上要值班，順便載妳回醫院。」

「嗯。」

看著溫醫師漸漸走遠的背影，像他這樣溫暖又善良的人，一定會再次遇到真愛的。就像曉華送給他的祝福。「桔梗花，是幸福再度降臨。」

「溫醫師，在我們回到醫院之前，可以帶我去一個地方嗎？」我追上去問。

他看了看手錶，揚起燦爛笑容。「當然可以，妳想去哪裡？」

「我想去看紀緯。」

我想緣分就是如此，周紀緯竟然跟巧巧長眠在同一個地方。

綠草如茵，伴隨著微風帶來的涼意，這裡的一切都是那麼讓人舒適自在。

「我都沒有正式地跟紀緯介紹過你，不介意的話，要不要跟我去看看他。」沫晨撩起垂下耳邊的長髮，嘴角噙著淺淺的笑。

「妳覺得他會不會誤以為我是妳的新對象，然後吃醋跑去跟巧巧告狀。」我開玩笑地說。

沫晨微微一愣，笑出了聲。「要說吃醋，也輪不到我家紀緯好嗎？」

她眼中閃過精光，拉起我的手，小跑步向前。

搖頭失笑，沫晨是個心思縝密的女孩。

很多事，我們自己不明白，卻全落進了她眼底。

「雖然我答應妳要跟紀緯打招呼，但是巧巧先到了。」我停下腳步，指向右手邊。

「那我們就先去見她吧！」

站在相片前，巧巧的笑容燦爛如昔，時間改變了很多事，卻不曾帶走她在我青春裡的一景一物。

沫晨看了我一眼，微笑道。「巧巧妳好，我叫于沫晨，是溫醫師最頭痛的病人。」

「妳倒是很有自知之明。」我笑著回答。

「欸！我只是說說而已，誰要你附和了。」沫晨翻了個白眼，面對著巧巧說：「雖然溫醫師有越來越嘴賤的傾向，不過他真的很了不起，不但能從妳離開的悲傷裡走出來，更讓我找回自己。」

輕輕搭上她的肩膀，我表情很得意。

突然想起了幾年前的沫晨，那不言不語、孤傲冷漠的樣子，對比如今，成就感油然而生。

「巧，我終於做到了答應妳的事情，成為一個好醫生。」

沫晨輕輕聳肩，轉身揮手道別。「你應該還有很多話想對巧巧說吧！那我先去找紀緯了！」

望著她逐漸走遠的背影，一抹淡淡牡丹花香沁入鼻息，微風輕吹我的瀏海。

「巧，是妳嗎？喜歡撥亂我瀏海的習慣還是改不掉是嗎？」從包包裡拿出小熊維尼玩偶，小心翼翼地放在巧巧身旁。「妳曾經跟我說過，總有一天我要試著放開心胸去尋找自己的幸福，可是我始終在意妳，更害怕妳會難過。」

她依舊沒有回答，只是讓風，吹過我的手掌心。

「當我有一點點想你的時候，想念就會幻化成風牽你手、當我非常非常想你的時候，天空就會下起傾盆大雨，那是我的眼淚，希望你看得見。」病榻前她調皮地這麼說。

我抬起頭凝視著她的笑眼。「我也想妳，而且是很想很想。」

一個人想念另一個人，是安靜的念想。而愛，往往可以瞬間抵達白髮蒼蒼的彼岸。

繞過長廊，鵝黃色燈光是給逝者的引路燈，這裡沒有二十四小時放送的佛號，只有輕柔的聖歌和水晶音樂。

「紀……」我想提高音量，卻聽見來自不遠處熟悉的歌聲。

「揹起吉他現在就要出發／有一道光／那就叫夢想／拿起鼓棒敲打希望／幻想成搖滾天團」

王睿背著吉他，輕聲哼唱。

我摀住嘴，沿著牆面蹲下。

「兄弟，對不起我來遲了。」王睿脫下背帶，嘆了一口氣。「沒有夢想、沒有希望、我們的搖滾天團也不會回來了，你們在上面過得好嗎？有偷說我壞話嗎？」

「還記得你說過要寫一首跟沫晨求婚的歌嗎？前陣子我幫你寫完了，很完美，卻來不及讓你唱給她聽，對不起。」他粗魯地用衣袖擦去淚水。「其實我很想知道沫晨喜不喜歡那首歌，可是她真的恨透了我，你去幫我問啦！記得托夢告訴我。」

被王睿孩子氣的話給逗笑了，我站起身，緩緩朝他走去。

「我偷偷跟你說，沫晨她的主治醫生天殺的長超帥，聽說還會彈吉他。你說，你該怎麼辦！」

「他是能怎麼辦。」再也忍不住笑意，我伸手推了王睿一把。

「沫晨……」王睿因為驚嚇而倒退了好幾步，張大嘴，像看到鬼一樣。

「溫醫師再帥，永遠都只會是我的主治醫師，最多也只會是好朋友而已。」

「妳、妳怎、怎麼願意跟我說話？」

「我也不知道。」聳聳肩，我走到他身旁。「可能是你幫紀緯寫的歌太好聽，我想跟你和好了吧！」

「妳喜歡？」他驚呼。

「嗯。」點頭，王睿的音樂才能從來不需要懷疑。

雖然已事隔多年，身為鐵粉的準則仍是牢記在我心中。

「無論什麼歌曲，只要是 Healer 寫的，就是最棒的。」

「妳喜歡真的是太好了！謝謝妳讓我離開演藝圈前的最後一個作品是成功的。」他直視著我，嘴角的笑容卻很勉強。

「究竟為什麼要放棄？」凝視著紀緯的相片。「你知道自己現在捨棄的，是紀緯他們永遠都無法擁有的嗎？」

王睿轉過頭來，眼底閃過深深的苦楚。「因為音樂，我們才會為了組樂團而相遇；因為音樂，宛怡才會不顧一切的算計我，如果沒有了音樂，是不是我們每一個人都能有圓滿的人生呢？」

「人與人遇見，都是緣分，早就註定好的。」我微微偏著頭。「只是我不懂吳宛怡算計你這句話的意思。」

「我和她之所以能相遇，從一開始就是她精心策劃好的，這麼多年我以為的浪漫愛情，不過都只是演完她的劇本罷了；她為我打造了完美的偶像養成計畫，卻讓我越來越不像自己。」

「在我的記憶裡，她對你的愛，全都是真的。」我討厭她，但是無可否認她對王睿的愛，是比任何人都深刻。

未成年的資優生，為了愛人蹺家；她是如此熱愛讀書的人，卻連大學都不考了。

「可是，我已經不知道怎麼分辨真假了。」大大地嘆了一口氣，王睿朝我伸出雙手。「我好想擁抱妳這個失而復得的朋友，這幾年來我一直很想念妳。」

「我有說要跟你和好嗎？」垮下臉，我雙手抱胸。

王睿愣了一會，尷尬地收回雙手。

我笑著說：「開玩笑的啦！在我男朋友面前敢說要抱我，你真的是跟以前一樣無恥。」

認識王睿這麼久，那天是我第一次擁抱他。沒有任何情愫，只是單純地想用擁抱，來彌補我們錯過的這幾年時光。

「沫晨，如果我說狗仔拍到我們了，妳會怎麼樣？」他身體忽然緊繃了起來，冷冷地說。

「他們會怎樣？」我鬆開手，一臉疑惑。

「會上八卦週刊，沒意外的話，還有報紙的影劇版頭條。」

「男偶像為了患有精神病的女友退出演藝圈？」我笑說。

他皺眉，雙手握緊拳頭。「放心，我是絕對不會讓他們搜出妳的。」

他熟練地戴上鴨舌帽，拿起手機頭也不回地消失在我面前。

這就是他過去的生活嗎？

沒有自由、沒有隱私，那麼又為什麼他跟宛怡的戀情不曾曝光呢？

甩甩頭，我看向紀緯。「其實我不在乎記者會怎麼說，反正我在醫院裡也看不到那些消息，只是希望不要影響到王睿才好，你說是不是啊！」

紀緯笑得好開心，也讓我感到安心。

可惜老天爺總是愛開我們玩笑，一張擁抱的照片所帶來的影響，遠遠超過我們平凡人所能想像。

第八章

「踩著兄弟往上爬，連女友都不忘接收，知名男偶像退團真相曝光。」斗大而聳動的新聞標題不停播放著。

轉了臺，另一臺也放送著同樣的內容。

「相關人士爆料指出，王睿當初就是為了一張經紀合約，背叛一起玩樂團的朋友，還因此讓小有名氣的他們，沉寂了好一段時光。」

「照片裡的女生，就是當初樂團吉他手的女朋友耶！」

「聽說她受不了男朋友的死亡還發瘋了，現在竟然跟背叛者在一起，真噁心！」

「她在我們醫院！見過她好幾次，是精神科病人沒錯！」

「睡朋友的女友，不怕朋友變鬼來報復嗎？」

PTT上不斷刷新的留言，讓我的憤怒指數到達臨界點。

王睿凝視著新聞畫面，臉色鐵青不發一語。

正從工作室裡走出來的曉華瞪大雙眼，接著不著痕跡地收起自己的情緒，關掉了電視。

再也沉不住氣的我撥通了電話。「是誰跟媒體爆料的？」

「我們也不知道，就今天下午突然湧進一堆記者，這也是主任請你今天先不要入院的原因。」電話那頭的人，聲音有些膽怯。

「我只想知道是誰說出去的，你廢話不要那麼多。」

「可是我們真的都不知道啊！」

「不知道？都已經有醫院員工爆料的音檔了，還想裝沒事？」我加重了音量。

「溫醫生你冷靜一點，醫院員工很多，可能是其他部門的同仁也說不定。」

深吸了一口氣，我怒吼。「如果不是我們精神科傳出去，其他人是會通靈嗎？」

曉華走向我，輕輕地抽走手機，搖頭說道。「若仁冷靜，我知道你擔心沫晨，但現在的情況，生氣絕對不是最好的方法。」

「不好意思，造成你跟沫晨的困擾，我一定會處理好的。」王睿猛然起身，快步走出室外。

他的背影。

逐漸地消失在昏暗的月下。

「不管真的、假的訊息，全被媒體網友穿鑿附會，他現在一定也很難受。」曉華遞上咖啡。「就像多年前，記者們瘋狂追逐渾身是傷的沫晨，只為了拍下她崩潰的瞬間。」

「有些媒體的素質就是很低落，在別人傷口上灑鹽，才是他們真正的專長。」我說。

「這件事王睿會處理好的，對吧？」曉華看向遠處，悠悠地說。

「我們要相信他，對付媒體，也是他的專長。」低下頭，我直視著杯中顏色詭異的咖啡，餘光瞥見在咖啡機前清理的曉華。

這樣的畫面，讓我想起了曾經的一段時光。

「都過了這麼久，妳煮咖啡的技術還真的是一點進步都沒有。」

她停下動作，嘖了一聲。「要我說幾次你才聽得懂，我賣的是有咖啡味道的水，如果要喝咖啡，請……」

「前面右轉直走到底，再左轉進去紅色招牌的咖啡廳。」我接下她的話。

「既然都知道我要說什麼了，你剛剛在那邊廢話個屁。」對我翻了個白眼。

「我才聽妳在屁，根本就沒有那間店，應該是說那條巷子根本不能右轉。」

雷曉華呵呵笑了幾聲。「白痴，你還真的去找喔！」

「隔天想去找妳理論，老闆說妳辭職了。」

「畏罪潛逃沒聽過嗎？」她朝我做了個鬼臉，轉身，繼續收拾吧檯。

而我將視線拉向窗外，安安靜靜地望著窗外的夜景，就像幾年前的我們一樣。

兩個帶著故事的人，在同一個場景裡，療著彼此心中的傷。

當時的我怎麼也沒想過會再遇見這個整手都是刺青的臭臉女孩。

而她也沒想到會在多年後，意外在診間與我碰頭吧！

在精神病房的日子裡。

固定的時間，我們都有固定的事情要做。

七點起床、七點十五一起跳早操、七點半吃早餐。

「沫晨來吃藥喔！」護理師站在我面前，看似很隨興，但我知道她是為了盯我吃下全部的藥。

「好了！」遞上藥盒，就在轉身的瞬間，我看見了電視機裡的畫面。

戴著鴨舌帽的王睿眼神漠然地凝視著鏡頭，滿滿的麥克風和不停閃爍的閃光燈讓人毛骨悚然。

他坐挺身子，緩緩拿起桌上的麥克風。「各位媒體朋友大家好，我是王睿。」

我凝視著他毫無血色的面容，一股恐懼感油然而生，為什麼王睿像是在等待著公審的罪犯？

發生了什麼事？

「首先，有關我與于小姐的不實報導與網路言論，我將保留法律追訴權，並全面提告。爾後，任何與于小姐有關的事情，我將不再回應，她並不是我女朋友，但她是我願意失去一切去好好守護的人。」

始終低著頭坐在王睿身旁的吳宛怡，抬起頭瞪大雙眼，眼神裡充滿震驚，表情也說明了她的心碎。

「她是紀緯這一生最重要的人，我虧欠紀緯的實在太多，唯有好好替他守護著于小姐以外，我無以為報。所有之後再出現任何與于小姐有關的事情，我絕對會以最嚴厲的手段來回報在座的各位。」王睿的臉色一變，讓在場媒體無不倒吸一口氣。

「對於擅自簽署經紀約而拋棄團員這件事，我從來沒有隱瞞過，是我做錯了，在那個年少輕狂的歲月裡，為自以為是的利益，而做了無可挽回的錯誤決定。這一路走來支持我的人很多，因為知道我背叛團員而討厭我的人也不少，今天會被大家攻擊和謾罵，我全都欣然接受。」

他起身，脫下帽子，深深一鞠躬。

「我、王睿，在此對曾經喜愛著 Healer 的歌迷朋友們鞠躬，表達我最真誠的歉意，我知道一句道歉不能喚回他們逝去的生命，但我會用自己的餘生，去彌補、去懺悔。」再次鞠躬，王睿伸手抹去眼角的淚水。「對不起，真的對不起。」

佇立在電視機前的我早已看不清畫面上的字幕，淚水撲簌簌地流了下來。

一道溫熱觸感襲上我肩頭，回過頭，對上同樣淚眼汪汪的臉龐。

「雖然我等王睿這句道歉很久了，可是怎麼看著他的眼淚，心會那麼酸呢？」那個喜歡林尹的護理師對著我說。

「因為我們恨他的同時，也正是因為我們也愛著他吧！因為對他擁有相同的愛，才會對他的離開感到失望。」我伸出手，輕輕拭去她眼角的淚水。「我們愛 Healer，所以才會對王睿的懊悔感到心疼。」

護理師偏著頭，對我露出溫柔的笑容。「沫晨，妳真的已經準備好出院了呢！」

「出院？」

「嗯，其實溫醫師已經評估一段時間了。我想妳真的可以好好地為紀緯活出更完整的人生了。」

心飄飄然地，朝她點點頭。

我想，我是真的好起來了。

雖然心病是無法痊癒的，但是我已經可以像一般人一樣生活，這樣就足夠了。

然而電視畫面裡的王睿，卻是獨自且痛苦地面對著記者們的提問。

「可以說明一下你真正想退出演藝圈的原因嗎？」

「因為憂鬱症，這幾年來我一直被情緒綁架。你們所看到的我，都不是真正的我。」

「曾經有爆料指出你其實有交往多年的女友，是真的嗎？」

「是。」我看見吳宛怡的肩膀顫抖了一下，也把頭垂得更低。「但是我們已經分手一段時間了。」

王睿面無表情說著，吳宛怡的眼淚卻止不住。

「對於前女友，我感謝她的付出，也很抱歉始終讓她擁抱著一段不見天日的愛，祝福她的下一段感情，可以幸福、真實、又公開。」

「你的女友，其實就是助理吳小姐吧？」

「不是。」王睿語氣堅定地一口否決了。「吳小姐她只是我的助理，請不要因為謠言，造成她的困擾。」

「她哭成這樣，你當我們都瞎了嗎？」其中一個記者嚷嚷著。

王睿將麥克風遞到吳宛怡面前。「妳是我的女友嗎?」

「不是……真的不是……」看著她努力撐起笑容，佯裝自然的表情，我的心口泛疼。

然而聽完回答的王睿，臉上並沒有出現得意或放鬆的表情，反而是被濃濃的憂鬱籠罩著。

她很痛苦，他也不比她好過。

為什麼明明還相愛的兩個人，要把對方逼到這般地步呢?

我想愛，卻已是生死兩隔、他們能愛，卻拚了命放開彼此的手。

「吳宛怡，這就是妳當初不顧一切也想得到的嗎?」我悠悠地說。

人生就像一部長篇電影，我們都以為自己可以成為那奧斯卡的最佳主角，殊不知都只是上帝眼前的一齣爆笑短劇罷了。

曾經我以為自己演出了一場世紀大悲劇，走過泥濘的我才知道，那不過是人生中的一小段插曲。

然而，我卻決定把心留在那段插曲裡了，在那無盡黑暗的歲月裡，我遇見了太陽，一生中只會被一顆太陽照耀、這輩子只願被周紀緯一個人愛著。

——

「恭喜妳，出院了。」溫醫師張開雙臂，給我一個無比溫暖的擁抱。「還是要記得按時吃藥，乖乖回診，好嗎？」

「沒問題，溫醫師，真的很感謝你。」我輕輕回抱住他。

「我也要抱。」曉華抱著大大的花束，從遠處朝我跑來。

王睿站在一旁，帶著似笑非笑的表情。「我不敢抱，我怕又要再開一次記者會。」

「哈哈哈哈哈。」我們笑開懷。

鬆開手，我伸長了脖子，尋找著媽媽的身影。

「阿姨說她太緊張，先去廁所一下。」曉華笑著解釋。

「她反應是有沒有必要那麼誇張啊。」我失笑。

溫醫師拿出手機，遞到我面前。「以後要常常跟我聯絡喔！」

「你一天到晚出現在曉華的店裡，我還怕見到你太多次會膩呢！」接過他的手機，我仍是輸入了自己通訊軟體的ＩＤ。

「沒辦法，有咖啡味道的水太獨特了，不喝我工作無法集中精神。」

「你最好現在穿著醫師袍還廢話那麼多。」曉華冷不防地吐出了一句話。

我和王睿交換了一個眼神，微笑，不想說破。

「沫晨！」我回過頭，見到了媽媽久違的燦爛笑容，心頭一酸。

「媽！對不起讓妳擔心，這一次我是真的回來了。」緊緊地將她擁在懷裡。「以後我好好生活，不再讓妳傷心。」

這些年，我究竟錯過了多少人間的風景，一晃眼媽媽已經白髮蒼蒼。

「傻孩子，幹麼道歉，人回來就好、回來就好。」媽媽止不住的淚水，所有人都紅了眼眶。

「走吧！我載妳們回去。」王睿吸了吸鼻子，輕聲地說。

「阿睿啊！宛怡她過得好嗎？」媽媽發自內心的關心，卻惹得我們一陣唏噓。「阿姨和她爸爸離婚之後，就沒再聽過她的消息了。」

「她很好啊！她現在是很紅偶像團體的助理。」

「不是啦！我是要問你們什麼時候要結婚。」

王睿尷尬地抓了抓頭髮。「阿姨我們分手了。」

「怎麼會這樣？」

見媽媽沒有要放過他的意思，我趕緊開口阻止。「妳不要問人家的私事啦！又不是妳兒子，妳管那麼多幹麼。」

「宛怡雖然脾氣不好，但是她其實很乖，你們年輕人不要衝動。」

「阿姨！妳就饒了他吧！他最近沒工作已經很可憐了，不要在傷口上灑鹽了。」曉華一個箭步向前，揉著媽媽的肩。

「好啦！真是的！」

我詫異地瞪大雙眼，他們與我媽媽講話的態度未免也太自然了吧！

「很意外吧！我們常常去陪阿姨聊天，妳再不加把勁，阿姨對妳的愛會被我們超越喔！」曉華調皮地眨眨眼。

陽光照映在曉華絕美臉上，她就像天使，悄悄降臨我的世界。

在心裡默默許下心願，總有一天我要把這世界最好的，都給她。

「媽，我出去走走喔！」出院後的日子，平淡而舒適，我開始學習如何煮咖啡，希望能解救曉華刺青店裡，那如同悲劇一般的咖啡。

「路上小心。」

穿上咖啡色雪靴、雪白長裙，再搭配彩色的毛帽，王睿總是取笑我愛裝少女，那又如何呢？

我只想把被自己綁架的那五年時光找回來。

和記憶裡的街道並沒有太大的改變，我漫步走在與紀緯互訴情衷的小徑上，櫻花開了，我想是因為，今年的冬天來得特別早吧！

冷冽的風襲來，我打了個冷顫。

「妳會冷嗎？」熟悉的聲音響起，我快速回過頭。

看見男孩牽起女孩的手，態度自然地放進自己的大衣口袋裡。

「好想喝玉米濃湯。」女孩嘟著嘴，挨近男孩。

「沒問題！不管我們沫晨公主要什麼，小的都會傾盡所有去把它找出來。」紀緯高舉右手發誓。

過去那些甜蜜的畫面歷歷在目。

關於想念，我學會不再哭泣了。

吸了吸鼻子，我抬頭仰望整片櫻花林。「今天的你，好嗎？」

花瓣輕輕地掉在我的臉頰上，風很冷，我的心卻是一道暖流。

邁開步伐，離開了屬於初戀的道路，我想再去探訪那些關於友情的痕跡。

「快點啦！阿遠！我們可是好不容易才排到練團室的。」背著吉他的周紀緯對著不遠處抽著菸、漫不經心的孟遠喊道。

「急什麼！老闆會等我們的。」孟遠嘴上雖然是這麼說，身體卻飛快捻熄菸蒂，狂奔而來。

小跑步跟上他們，已經在樂器行前等待的王睿雙手抱胸，一臉不爽地等著他們。「廢物！練團也可以遲到。」

王睿的臉很臭，和一旁嘻皮笑臉的林尹成了反比。

林尹笑彎了眼。

雙手抱胸，我靜靜地凝視著他們稚嫩卻帥氣的臉龐。

人潮漸漸在樂器行外聚集，穿著制服的女孩們綁著整齊馬尾，紅通通的臉頰藏不住心中的祕密。

「等一下小酷出來，我要第一個跟他合照。」人群中最閃亮的女孩笑著說。

「那阿亮是我的！」女孩們你一言我一語的嘻鬧著。

我皺起眉頭，她們在說誰？

誰是小酷？誰又是阿亮？

撩起裙襬，我小跑步向前，剛才出現的林尹和王睿早已消失不見。

取代的是與他們當時年紀相仿的高中生。

一樣的場景，一眨眼轉換了時空，而我記憶中的人影也消失在歲月的洪流裡。

嘆了口氣，悲痛的感覺已不復在，捨不得的情緒卻不曾離開。

捨不得他們殞落的前程和夢想、捨不得那段我們攜手走過的青春、更捨不得我與紀緯永遠無法結果的愛情。

「嘿，最近妳很愛發呆耶！」熟悉的聲音在身旁響起，我迎上王睿的笑臉。

還好他還在，我們的故事，還有他和我一起守護著。

「我沒有發呆，腦子裡一直都有畫面在跑好嗎？」

「那是不是畫面裡有我啊！」他一臉苦惱。「因為我的腳很酸。」

翻了個紮實的白眼，我笑著說：「你很無聊，真的很無聊。」

他聳聳肩。「好吧！那我可能一直以來都誤會了，誤會自己是一個很幽默的人。」

笑著沒有回應他，不管是以前，還是現在，王睿都有句點我的能力。

我們並肩，望向前方被小女生們簇擁的學生樂團。

「好熟悉的畫面。」王睿說。

我點點頭。「是呀！想當初人群裡就有我跟宛怡呢！」

他不自在地撇開了眼，將視線落在遠方。「肚子餓嗎？我們去吃午餐吧？」

不追問、不說破，我明白王睿與吳宛怡中間有道無法癒合的傷口。

解鈴還需繫鈴人。

「嗯！走吧！我們去吃以前最愛的排骨飯。」

「這次沒有紀緯，別妄想我會把自己的排骨分妳吃喔！」王睿拉起我的手腕，大步往前走。

「我才不稀罕你的排骨咧！」

跟上他的腳步，我的笑容，是在寒冬裡綻放的太陽。

「所以這間排骨飯是你們的共同記憶嗎？」我張望著店內的擺飾，在牆邊一角，發現了 **Healer** 和沫晨的合照。

「對！而且于沫晨這傢伙很愛吃肉，每次都會把紀緯一半的排骨夾走。」王睿笑著模仿沫晨，招來她一記白眼。

大口咬下排骨，滷汁滲出肉排，鹹度剛好。「真的很好吃。」

「是吧！就連我這種挑食鬼，都可以吃兩碗飯呢！」曉華豎起大拇指。

「妳也是老主顧？」我挑眉。

「當然啊！你們會知道這間店，一定是孟遠帶你們來的，對吧？」曉華對著王睿和沫晨挑眉。

他們很有默契地點頭。

曉華抬起下巴，一臉得意。「就是我帶孟遠來吃的。他那個富二代竟然跟我說沒有吃過排骨飯，簡直要把我笑死了。」

「豈止沒有吃過排骨飯，他還說臭豆腐是狗大便醃的。」沫晨和曉華都笑出了聲。

聆聽著他們的過往，真令人羨慕。偷偷看向曉華的側臉，我這才明白，她並不是什麼臭臉刺青師，只是過去的她，遺失自己的笑容罷了。

「幹麼一直看我？」她猛然轉過頭，嘴角邊還黏著一顆飯粒。

微微一愣，我揚起嘴角，伸手替她擦了擦嘴。「看妳這顆飯粒要帶到哪裡吃啊！」

沫晨瞇起眼，一臉曖昧。

「我出去抽菸。」王睿起身。

「我也去。」為了躲避沫晨的眼光，我快步跟上王睿。

看著溫若仁落荒而逃的背影，雷曉華一臉困惑。「他什麼時候學會抽菸了？」

于沫晨聳肩。「不知道，很多事都是這樣的嘛！究竟是從什麼時候開始的呢？」

「妳到底在說什麼？最近老是講一堆怪話。」

「沒有啊！只是說，愛情不就是這樣嗎？從什麼時候開始萌芽的，當事人往往都感覺不到。」于沫晨搗著嘴笑說。

「懶得理妳。」雷曉華蹙眉，伸長了手。「老闆！我要加一碗白飯。」

王睿吐了口白煙。「你什麼時候要跟她說？」

「說什麼？」

「你喜歡她，太明顯了。」王睿收起平時玩世不恭的表情，一本正經地說。

「躲開了沫晨，卻躲不開你。」失笑，我搖搖頭。「我承認自己欣賞曉華，但是我的愛情早在七年前巧巧離開時，就跟她一起走了。這輩子，我只會愛于巧巧一個女人。」

「幸福有很多種可能。」王睿捻熄了菸蒂，若有似無地望著天空。

「所以去愛曉華，不會是幸福的唯一選項。她的心裡也住著一個人，你不該把兄弟的最愛，推給我一個外人。」

「你不是外人，你是我們的朋友，而且沒有人說一定要相愛才能在一起，對吧？」王睿直視著不遠處的沫晨。「我想照顧沫晨一輩子，不是因為愛、也不是因為愧疚，而是單純的相信，只有我能給她快樂，她能在我身上找到那段歡樂時光的軌跡。」

「你有沒有想過沫晨或許不需要你為她這麼做，她可能也希望你能真正地找到屬於自己的幸福？」

「她的快樂，就會是我這一輩子最大的幸福。」

看著王睿堅定的眼神，我淡淡地說：「那吳小姐呢？你們才是一對戀人不是嗎？我們想愛的人已經不在，而你明明擁有再好好相愛的機會，卻不要了。」

王睿肩膀一僵，垂下頭。「我已經不相信愛情了。如果說人們用愛的名義做出自私自利的決定，那我寧可當自己是一個無法愛人的人。」

那天對話的最後，他是這麼告訴我的。

「給妳聽一個東西。」我將耳機遞到曉華的耳邊。

她閉上眼，靜靜地聆聽，許久，睜大了雙眼對我說：「這是王睿的聲音，不對！是高中的王睿才對，聲線很稚嫩。」

「果然是鐵粉，這麼細微的變化都逃不過妳的耳朵。」

「可是這首歌的音質很細緻，不是那時候錄得出來的啊？」

「講到重點了，最近王睿改做音樂後製，我們一起整理了以前的音檔。」我伸伸懶腰。「他果然還是離不開音樂這條路。」

「那真是太好了！我還以為他退團之後，是打算當廢人呢！」

「是挺像的，不是在妳店裡滑手機，就是硬要跟我去學做蛋糕。」我挑眉。「認真覺得他除了懂音樂以外，一無是處。」

想起王睿差點把烘焙教室的烤箱燒掉，我不禁笑了起來。

曉華雙手托著腮幫子，若有所思地望向窗外。「總覺得現在的王睿，好像回到十七歲的樣子，多虧了妳。」

「我？」

「你們之間……有沒有可能？」

讀懂了她眼神裡的心思，我收起笑顏，一本正經地回答：「沒有可能。」

「為什麼？」

「一，他是我妹的前男友；二，他是我妹最愛的人；三，他最愛的人也是我妹。」

「妳這輩子都不打算再去愛誰了，是嗎？」

和曉華的視線在空氣中凝結，我毫不猶豫。「是。」

窗外天空中的白雲被飛機劃破，木門被推開，是曉華預約刺青的客人。

她輕拍我肩膀，小跑步向客人。我起身，走進吧檯裡。

這間店，終於不用再給客人喝有咖啡味道的水了。

還記得國中時，媽媽決定改嫁時，我哭著問她是不是不愛爸爸了。

「當然愛，媽媽這輩子最愛的就是妳爸爸，只可惜我們沒有紅線能綁住緣分。」

「那又怎樣！妳嫁給別人就是背叛爸爸！」

那時太過懵懂，不懂大人世界有多困難。不懂媽媽嫁個有錢人，只是想給我更好的生活。

直到前陣子，我整理家裡時在媽媽衣櫃裡找到了爸爸的高中制服，左邊的口袋上，被繡上了一行字。「十年生死兩茫茫，不思量，自難忘。」

死亡可以帶走生命，卻澆不滅愛戀。

我常常望著手腕發呆，總以為全神貫注，便會看見我與紀緯的紅線。

這樣一來就能依循著紅線，找到他。

有緣無分是薄緣、無緣有分是孽緣、有緣有分才成姻緣。

茫茫人海，能擁有一段與紀緯相戀的薄緣，已經是萬幸。

一晃眼，幾年又這麼過去。

王睿對我的如影隨形早已不是新聞，偶爾會在臉書上看見關於我們兩個的愛情故事。

然而事實上，愛情始終沒有在我們之間萌芽，沒有牽手、沒有擁抱，更沒有所謂相伴一生的諾言。

我們很好，就像家人一般。

「妳看，這片油菜花田很美吧！」王睿撐開傘，輕輕搭上我肩膀。

「嗯。」

「我記得妳喜歡看海跟花。」

我抬起頭看他。「你好像比我想像中還要了解我。」

偏過頭，王睿伸手替我遮擋住了太過刺眼的陽光。「我去幫妳拿墨鏡！」

在他轉身的瞬間，我拉住了他。「王睿！你真的不用做這麼多。」

「什麼意思？」

「你的心意我心領了，但我真的不是那個你該悉心呵護的人。」鬆開手，我走到身旁。「不論你是因為責任感，還是補償心理，我都不需要你用一輩子的時間來照顧。」

「是溫醫師告訴妳的嗎？」他輕聲地說。

搖頭，嘴角掛上高高的弧度。「你懂我，正如我懂你。你的心裡在想什麼，全寫在臉上了。」

「我只是希望妳快樂。」

「那也不該拿自己的幸福來交換啊！」伸長了手，我拍拍他的頭，就像對待小孩一般。「兩個不相愛的人，再適合，也不會是最好的伴侶。」

「至少在我身上，妳會看見過去的回憶。」倉促的口氣，洩漏了他的惴惴不安。「遺憾也就會少一點了。」

「如果說是為了填補我生命中的遺憾，那你可以有更好的選擇。」朝他勾勾手，他緩緩向我靠近。「我唯一的遺憾，就是沒能看見一場完全屬於 Healer 的演唱會。」

「看完演唱會，妳就真的沒有遺憾了嗎？」

「嗯，這麼多年過去，所有傷心難過都已經被我消化成生命中的一小部分了。」我挽起他的手。「也該是時候去好好面對自己的心了吧！膽小鬼！」

「什麼膽小鬼，我又怎麼了？」

「你用我當擋箭牌，以為說服自己要照顧我一輩子，就能不去面對宛怡了，是吧？」

王睿一愣，無可奈何地搖搖頭。「被妳這麼一說，感覺我是個很糟糕的男生。」

「不會啊！要不是因為我先遇見了紀緯，也許我高中喜歡的人就會是你也不一定。」給了他一個肯定的眼神。「你認真的樣子很帥，只差紀緯一點點而已。」

「哈哈哈哈哈哈哈！結果還是輸了。」

漫步在鄉間小路上，微風徐徐，對角站著一對兩小無猜的學生，他們中間隔著腳踏車，臉上滿是藏不住的心意。

「跟妳說一個祕密好不好？」王睿猛然停下腳步。

「好呀！」我微笑，靜靜地等待著他的祕密。

「其實我以前喜歡過妳。」王睿臉上掛著淺淺的笑意。「一直以為是我先喜歡上妳的，沒想到紀緯在更早以前，就已經走進妳的世界了。」

「我們不是因為紀緯才認識的嗎？」

王睿搖頭。「早在 Healer 第一場表演時我們就已經見過面了，我對人群中的妳一見鍾情。」

記憶回籠，我想起了當時紀緯對我說：「沒看錯的話，妳的目光都牢牢鎖在阿睿身上。」

「那這個祕密，紀緯知道嗎？」我笑著說。

「知道，他用要退團來威脅我不准再喜歡妳。」王睿佯裝一臉委屈的樣子惹得我失笑。

「原來當初你說他為了我要退團是真的。」

「是啊！妳的美麗差點害我們解散。」

我翻了他一個紮實的白眼。「浮誇。」

伸出腳輕踹了王睿的屁股，就好像回到了我們的從前，誰愛著誰、誰又想著誰，卻都已物換星移。

「等等！你喜歡過我的事情宛怡也是知情的嗎？」

「嗯，所以我才會以為我和她的愛情是命中註定。」這一次王睿不再逃避我的問題，聳肩一臉無奈。「沒想到都是她機關算盡。」

「如果說終點都是幸福，那麼她走什麼樣的路，都沒關係不是嗎？」

「但通往幸福的捷徑不該是欺騙。」王睿牽起我的手腕，走向車子。「我答應妳，會好好思考和宛怡的感情。不過在那之前，先讓我完成妳心中的遺憾吧！」

「演唱會嗎？」我驚呼。

「嗯。」

「溫醫師有人找您喔！」護理師推開休息室的門，笑臉盈盈地說。

「我？」此刻，我快速在腦海裡思索著可能的人選。

「是我啦！」曉華站在走廊的角落，手上還提著一個紙袋。「沫晨說今天是你生日。」

「是啊！她跟王睿中午幫我慶生，妳沒來，我以為妳沒興趣。」

「拜託！我的員工中午請假外出，老闆當然只能留下來顧店啊！」她笑著遞上紙袋。「給你的生日禮物。」

紙袋裡是滿滿的保健食品，和一個造型很少女的U型枕。

「妳確定沒送錯人？」看著她一臉笑意，我總覺得她心裡又在打鬼主意了。「妳看過哪個醫生在吃保健食品啦！還有這粉紅色抱枕是怎樣啦！」

「沒辦法，誰叫你都不按時吃飯，只好從維他命裡多攝取一點營養。」她撥了撥頭髮，好聞的髮香撲鼻而來。「粉紅抱枕是因為我看你常常趴在桌上睡覺，誰知道買的那天我戴著墨鏡，沒注意它是粉紅色的，哈哈哈哈。」

原來我誤會了，她是真的關心著我的日常生活。「謝謝妳，雖然粉紅色不是我的風格，但我確實需要妳的U型枕。」

她笑咪咪地拉起我的手。「你現在應該是下班時間了吧？」

「嗯！對啊！」

「那我們去一個地方吧！」

偌大的音樂教室裡，只有一套爵士鼓，曉華興奮地走向臺上。「恭喜你即將成為我生命中的第一個觀眾。」

奏下音樂，曉華跟著生日快樂歌的旋律，打出了搖滾節奏。雖然畫面感有點不協調，音樂性卻很豐富。

她很美，打起鼓來更多了份帥勁，時而微笑、時而皺眉，這是我第一次發現，原來生日快樂歌可以這麼有趣。

「拍手！」最後一個重音落下，曉華伸起雙手給予自己最熱烈的掌聲。

「之前聽說過妳在學爵士鼓，沒想到竟然打得那麼好。」我朝她豎起了大拇指。

「但是還不夠好，我還沒辦法駕馭孟遠高中時的編曲。」她失望地垂下眼。「其實我很擔心，搞砸了王睿為 Healer 舉辦的演唱會。」

「時間還很多，我相信妳一定可以的。」輕輕搭上她的肩膀。「不要給自己太多壓力，其實妳的程度已經有一定的水平了。」

「你都是這樣鼓勵病人的嗎？」她轉過頭來，帶著淺淺的微笑。

「身為精神科醫師，我的病患會出現幻想症狀，所以啊！鼓勵不會是我們最好的醫療方式。」我煞有其事地說著：「其他科醫生的鼓勵你可以不相信，但精神科的一定要聽。因為我們真的只有在病人進步時，才會誇獎與鼓勵他們。」

她點點頭，專注聆聽的樣子惹得我發笑。「其實妳不需要這麼認真聽，我只是在講幹話。」

「北七。」她嘖了一聲，對我比了個中指。

「其實我還滿羨慕孟遠的。」伸伸懶腰，我們在木質地板上席地而坐。

「為什麼？」

「孟遠離開之後，妳努力地延續了他的夢想；可是我卻連巧巧最愛的花都不了解，更別說幫她開花店了，根本天方夜譚。」

「她的夢想是開花店嗎？」

「嗯！她認為花語是世界上最美的共通語言，花也象徵了所有美好的意義。」抬起頭，我對上了曉華清澈的雙眼。

沫晨曾經跟我說過，曉華之所以特別，是因為她在歷經了人生許多的苦難之後，還能保有那雙純淨清澈的眼睛，和溫暖善良的心。

「或許我們可以來打個商量。」她拿出筆記本。「你出錢，讓沫晨來幫你開店。」

「她有興趣？」

「沫晨很喜歡花，已經不只一次聽過她說想開花店了。」

「好啊！那麼細節就等你們開完演唱會再來談。」接過她手中的筆記本，裡面有著滿滿的花店設計圖。「沫晨畫的嗎？」

「是啊！原本帶著設計圖，是想幫她找一些人談合資，不過我想以你的財力是不需要集資了吧？」

「嗯，是不用。」此時，我在心裡，默默地勾勒出了花店的雛形。

「再談細節之前，你是不是應該跟巧巧說一聲呢？」曉華輕拍著臉頰，卻仍是提不起精神的連打了好幾個呵欠。

「妳真的很尊重她。」我微笑著拉起她的手。「走吧！我送妳回家，妳看妳眼皮都快黏起來了。」

這幾年來我身旁的女生無數，她們對我充滿了興趣，卻都沒有沫晨清新脫俗的氣質，更沒有曉華這般成熟又體貼的個性。

還不算熟識，就急忙探索我的過去、去衡量巧巧在我心中的分量，長輩和朋友們總為我的婚事擔憂，就好像我的人生會因為沒有結婚而變成一種缺陷，這一切的一切都令我感到厭惡。

回程的路上，曉華緊皺著眉頭，不發一語地凝視著前方。

「妳有心事？」

「算有，也不算有。」她看了我一眼。「你有想過自己會跟巧巧以外的女人結婚嗎？」

「目前為止是沒有。」

「那如果有一天有了，可不可以優先考慮我？」

「妳知道自己在說什麼嗎？」我詫異地瞪大雙眼，不確定自己是不是說錯了。

「我當然知道啊！」她表情平淡地伸了個懶腰。「這又是一個很長的故事了，改天有空再跟你說。」

「我是妳故事裡唯一的人選嗎？」

「是。」

「如果我一輩子都不想結婚，妳要怎麼辦？」

「那就不結啊！我又沒差。」她臉上的無所謂是真的，攤攤手，她給了我一個無可奈何的笑臉。

看著她走進家門的背影，我出聲喊道：「我會好好考慮的，不管是開店還是結婚，所以妳專心練鼓吧！其他的事情交給我煩惱。」

她停下腳步，用力轉過身來。「謝啦！」

黑夜中她的笑容燦然如繁星，雖然看起來滿不在乎，但她眼底的焦慮還是落入我心底了。

她說過身上的每一個刺青都有一個故事，而鎖骨下方的故事，卻始終沒有告訴任何人。

這一切也許有關係，也或許沒有。

如果有那麼一天，我要攜手一個人到白頭，雷曉華也會是我唯一的人選。

第九章

「從未離開 Healer。」我站在小巨蛋外，輕輕地唸出跑馬燈上的字幕。

這是一場特別的演唱會，場外沒有販賣周邊的攤位，每一個排隊進場的粉絲卻都擁有相似的應援物品，而這些物品都帶著歲月斑駁的痕跡。

「小姐，妳是A1區從這邊進去。」工作人員看起來都是很年輕的學生，大概跟我喜歡上 Healer 的年紀差不多吧。

「謝謝。」點頭示意，我走向離出口最近的全幅海報，是手握麥克風的周紀緯。他的笑，還有那自信的眼神，都停留在十九歲了。

我愛憐地伸出手，緩緩地沿著他的眉眼一直到了嘴角。「寶貝，待會就要開演唱會了，會緊張嗎？」

「可以幫我跟我的鼓王拍照嗎？」熟悉的聲音在我身後傳來，回過頭，是曉華。她穿著白色的襯衫搭配著深藍色百褶裙、及膝長襪和綁得非常整齊的馬尾。

「長得漂亮就是不一樣，妳穿著制服完全無違和感。」我發自內心的讚嘆。

曉華開心地站在孟遠的海報旁，高舉鼓棒。「以前你說要是開了演唱會，我就要穿制服來看，我來啦！你可要好好唱啊！」

「為什麼是穿制服？」

「因為他說很性感。」說完，曉華自己也忍不住笑了出來。

瞪大雙眼，我搖頭失笑。「果然只有妳能見識到孟遠冷酷外表下狂野的心。」

我們相視一笑，牽起彼此的手，邁開輕鬆的步伐走進會場。

突然想起了一件事，我放慢腳步。「王睿不是給了妳兩張票，妳沒有約溫醫師嗎？」

「他在值班，應該晚一點就到了。」

「那妳呢？妳不是也有兩張票嗎？」

「祕密。」舉起印著紀緯照片的扇子，我頑皮地眨了眨眼。

「可惡！妳真的越來越像王睿，根本兩個小屁孩。」嘖嘖兩聲，曉華將背包放在座位上。「演唱會要開始了，我去一下廁所，妳在這邊等喔！」

「要不要陪妳去？」我起身，卻被她阻止了。

「不用啦！妳在位置等，順便看溫若仁來了沒！」

點點頭，我餘光看見她將鼓棒藏在身後。「尿尿帶鼓棒？什麼特殊癖好啊！」

大型電視牆上播放著 Healer 高中時的照片，背景音樂則是經過王睿微調之後的創作曲。

王睿選了一首在他離開之後由紀緯演唱的歌，來當作這場演唱會的主題曲。對於他曾經的離開，我早已釋然，可他心裡過不去，始終有個結在那裡。

「早在我決定簽約那一刻起，Healer 就不屬於我了。」他是這麼說的。

「對於我們這些歌迷來說，有你的 Healer，才是真正的 Healer。」

「就當作是包容我的任性，主題曲就決定是紀緯唱的好嗎？我參與了後製，也算是四個人的合作。」

「好吧！但我還是想跟你說……」我從口袋裡拿出手鍊，是用紀緯彈片做成的。「兄弟！歡迎回來！」

王睿接過手鍊，眼泛著淚光。

「手鍊是我做的，但那句話是紀緯一直想對你說的，他始終相信有一天你會回來 Healer。」我替他戴上了手鍊。「其實他們早在答應幫你專輯配樂的那一刻，就已經原諒你了。」

王睿猶豫了片刻，便緊緊環抱住我。

「謝謝妳告訴我、謝謝妳走出來、謝謝妳給了我一個完成夢想的機會。」餘光看見了一道嬌小的身影，我不著痕跡地離開王睿的擁抱。

女孩怯懦地一步步朝王睿走來，我報以溫柔微笑，轉身離開。

在我身後或許有一個新的故事即將展開，但主角不會是我。

關於愛情，我早已烙上了周紀緯的名字。

這是無論他在不在我身邊，都永遠陪伴我到老的誓言。

為愛而愛，為愛存在。

燈光漸漸暗了下來，巨型的ＬＥＤ背板上播放著我為 Healer 錄製的幕後花絮——林尹對著鏡頭耍帥、王睿總是講一堆不好笑的冷笑話、孟遠無時無刻都在練鼓。還有周紀緯，那無數次在鏡頭前對我示愛的傢伙。

四個大男孩一同練團、出遊、甚至是被我突襲睡覺的樣子，一切都彷彿還是昨天，一晃眼，竟然已經過了十年。

音樂聲漸弱，全場只剩下歌迷的啜泣聲，氣氛並不哀傷，而是更多的懷念與感動。

「大家晚安，我是 Healer 第一代主唱王睿，很高興你們都回來了，就由我來歡迎團員們出場吧！」從舞臺正中央緩緩升起的王睿泛著淚光，激動得快要握不住麥克風。

「首先是我們最帥的吉他手，周紀緯。」燈光一下，透過５Ｄ投影，周紀緯就像是真實存在一般，近距離站在我面前，溫柔地揮著手。

摀住嘴巴，我用力伸長了手，想再次抓緊他。

活潑的林尹則是透過投影，奔跑上臺，孟遠隨著虛擬的升降臺緩緩落下。

而最讓人詫異的，是孟遠的身影與真人重疊，燈光逐漸清晰，我的眼淚狂飆。

因為與孟遠重疊的，正是曉華。

就像孟遠坐在曉華的身後，環抱著她打鼓的樣子。

「我記得曉華說過，以前孟遠都是這樣教她打鼓的。」我對著身旁的溫醫師說。

他溫柔地看著臺上。「從相片裡看過孟遠很帥，沒想到透過投影看見了真正打鼓時的他，是像星星一樣閃耀的男孩。」

「嗯，他們每個團員都很帥，也和星星一樣，在我們灰暗的青春裡點亮了光。」

「奇怪，明明已經不是第一次彩排，我怎麼還是哭了。」王睿放下麥克風，蜷起手臂，情緒失控。

「加油！加油！」臺下傳來的加油聲越來越大，王睿抬起頭，對上了我的視線。給了他一個肯定的眼神，我笑著用唇語說：「前經紀人命令你，快點唱啦！」

破涕為笑的王睿再次拿起麥克風，緩緩唱出了寫著我們滿滿青春回憶的歌曲。

「揹起吉他現在就要出發／有一道光／那就叫夢想／

拿起鼓棒敲打希望／幻想成搖滾天團

一路上的辛苦不退場／這世界風雨再大／勇氣不會倒

堅持到最後一刻／兄弟一起闖」

「還記得那年，我們只是幾個成績不好、制服皺到不行的死高中生，而你們，不畏風雨陪著我們征戰了無數舞臺，答應過你們要一起站上小巨蛋的這個約定，我們一直都沒有忘記。」王睿語帶哽咽。「十年過去了，謝謝你們還記得 Healer，謝謝你們還守著這個約定，更感激你們用盡了各種辦法，把小巨蛋塞滿了人。」

團員們跟著王睿，深深地朝我們鞠躬。

「欸！沒想到我們真的辦到了耶！」是林尹的聲音。

「小巨蛋耶！」紀緯興奮地抱住孟遠，孟遠卻只是冷冷地說：「你們兩個這樣的戲碼要演多久，我們是來比賽的，等等就要上臺了。」

全場的人都笑了，可我卻哭到無法呼吸，因為這是我拍的，也是他們生前的最後一支影片。

想起回憶裡那些痛苦畫面，我抱著頭，難過得不能自已。

「沫晨不要哭，一切都過去了。」溫醫師溫暖的手搭上我肩膀，給了我無比的勇氣。「因為妳，所有喜歡著 Healer 的粉絲才能有這麼棒的演唱會。妳該為自己驕傲，我相信紀緯他們也在某個角落為妳鼓掌的。」

我抬起頭，望著華麗的舞臺燈光，揚起了笑容。

如果說 Healer 像星星，照亮我的青春；那溫醫師便是太陽，將溫暖與希望帶進了我的生命裡。

「大家都知道我曾經離開過，而紀緯成為了主唱，帶著 Healer 征戰了大大小小的比賽，所以接下來的時間，我要將麥克風交給他，還有一個對我們來說很重要的女孩。」王睿走向舞臺後方，揹起吉他。

溫醫師牽起我，在眾人的歡呼聲中，一步一步走向舞臺中央。

無所適從的我，朝王睿猛眨眼，然而他只是微笑著看我，曉華的表情也平靜得好像這一切都在計畫之中一般。

我很害怕，可同時也感受到了所有人的期盼。

「我不行。」死命地抓緊溫醫師的手腕，冷汗從太陽穴一路滑落，濕了我的衣領。

「妳可以的，妳做了那麼多努力，不就是為了有一天能開口唱歌嗎？而且妳並不是一個人啊！」他指向前方，周紀緯從舞臺側邊緩緩向前，握住麥克風，等待著我的加入。

接過工作人員遞上的吉他，我深深吸了一口氣，朝著那日思夜夢的背影狂奔而去。

「多幸運／那麼低的機率／遇見妳／在哭泣／那一秒就奪走我的心

妳的笑讓我第一次想爭取／讓某個誰／成為唯一

多慶幸／那麼大的世界／愛上妳／在人海／那一秒就認出我們的愛情

如果妳問我如果／有一天／誰必須要先走／請讓我自私回答

讓給我／因為我無法沒有妳獨活

也請替我好好的／活著／為愛而活

直到我們再一次相遇的那一天」

以前的我總是不讓他唱這首歌，好像在交代遺言似的，每次都惹得我翻白眼。

而此刻，我卻忽然明白他的用意了。

人終究會經歷生老病死，他只是想到了，如果有一天自己先離開一步，也要為我留下好好活著的勇氣。

隨著紀緯的歌聲，過往相處的畫面回籠。

而我真的，好想好想他。

想念一個人的時候，心中的傷口會微微泛疼，但那就是愛過的痕跡，時間奪不去。

最後的音節落下，團員們紛紛走向舞臺中央。唯獨紀緯，他鬆開緊握麥克風的手，緩緩轉向我，綻放朝陽般的笑容說：「請替我好好的活著，直到我們再一次相遇的那一天。」

我抬起頭，看見了他身後巨大的白色翅膀，這樣的笑容好溫柔好真實。

「答應我，替我活出兩個人的精彩，好不好？」

「你是真的紀緯對不對？不是投影，也不是我的幻想對不對？」我用力揉了揉眼睛，用哭啞了的聲音問道。

周紀緯點頭，伸手摸了摸我的臉頰，含著淚水，彼此的視線交纏著。

這瞬間整個世界只剩下我們，聽不見臺下熱烈的掌聲，更沒有兩個世界的分別。我有好多好多話想對他說，可惜他只在我的脣上落下深深一吻，便隨著空中緩緩落下的紙飛機，消失在空氣裡……

紀緯真的來過嗎？

站在原地的我，自問自答。

仰望著那隨風飄落的紙飛機，我舉起手，接住了它。

裡頭只寫了一行字。

「我存在，在妳的存在裡。」

第十章

有些人來到我們的生命，為的是教會我們如何失去。

而在失去之後的我，也學會了勇敢與珍惜。

完美告別心中的傷口，我們都走出了全新的人生。

我成了溫醫師花店裡唯一的員工，生活十分忙碌，時不時要到隔壁的刺青店幫忙煮咖啡。習慣是很可怕的東西，當大家喝過了我的咖啡，便再也無法忍受曉華那驚世駭俗的——有咖啡味道的水。

王睿成為了知名音樂製作人，捧紅無數的搖滾樂團，每一個由他帶出來的團體，都一定會在演唱會上演唱 Healer 的歌曲。

曉華一邊吃著零嘴，一邊看著訪談節目裡的王睿。「他現在很幸福呢！」

「那妳呢？妳幸福嗎？」我說：

輕輕點頭，曉華撫摸著鎖骨下方的刺青，望向沙發上專心閱讀雜誌的溫醫師。「幸福，我很幸福。」

五十年後。

「曉華阿姨，晨晨阿姨她今天清晨在睡夢中過世了。」一早叫醒我的，是好友離世的消息，

打理好儀容，坐上了計程車，對於死亡早已經看淡的我，卻忍不住紅了眼眶。

靜靜地凝視著她恍如沉睡一般的容顏。「真不夠意思，就這樣丟下我了。」

隨意地抹去眼角的淚滴，我靠近她的耳邊，輕聲地說：「真的辛苦了！妳很棒，我一直為妳感到驕傲，不但替紀緯活出了兩個人的精彩，還支持姪女的音樂夢想。」

身後傳來了腳步聲，我轉過身，原來是王睿和吳宛怡。擦去淚水，朝他們點了點頭。

離開前，我從皮包裡拿出了她在 Healer 的演唱會，和周紀緯海報合照的那張相片。

「你們下一輩子一定很快找到對方，然後狠狠地相愛一輩子，知道嗎？」

走出戶外，我抬起頭，天空依舊如同我們的青春那般美麗。

死亡不是靈魂的終點，我們終會回到輪迴之中。

一世又一世，這一輩子的有緣無分。

就當作來生相愛的養分。

下輩子，你們一定會擁有完整幸福的。

Fin

後記

嗨！

你看完故事了嗎？

還是跟我一樣喜歡在故事前，先偷翻後記呢？

此時我坐在窗邊，窗外是一整片寬廣無際的海，寧靜的牛角聚落沒有太多的旅人。而早早打烊的咖啡廳也只剩下我與朋友對坐著，她寫她的明信片，我寫我的後記。

她和即將收到明信片的朋友對話，我與不久後拿到這本書的你聊天。

為了聽海浪拍打的聲音，我選擇再次造訪馬祖，這麼說來有點任性甚至荒謬，但我總笑著說：「這是作者的浪漫啊！」一個彷彿被世界遺忘的角落，因為有了願意守護故鄉的人們，在這花花世界裡，讓人更為它獨特的人文氣息著迷，看到這篇後記的你，有沒有感受到來自馬祖的風呢？

希望是沒有啦！

因為現在，天殺的超級無敵冷。

唉，我好像又離題了。

《被自己綁架的女孩》是我非常喜歡的故事，不僅僅是因為它不同於過去我所寫的青春愛情故事，還有一個很重要的原因，這個故事，其實是想送給在我生命中短暫出現過的一個女孩——圈圈，而她，也正是于沫晨這個角色的雛形。

因為無法接受摯愛離去的悲傷，她失去了情感能力，就像書裡寫到，不聽不看更不願說話，與我們共存在同一個空間，靈魂卻彷彿身在另一個世界裡。

在我眼中，她就是這麼一個，被自己綁架的女孩。

早在我下定決心要寫這個故事時，就已經設定好，無論多悲傷的劇情，都要有如童話故事般完美的結局，這是我一直以來的習慣。有人會說我這是偏執狂，對過分美好結局的偏執。

沫晨跟溫醫生在一起很完美，攜手王睿走到人生盡頭也很登對，故事的最初，我還因此而感到猶豫不決，索性直接很隨興地想著：「管他的，先寫再說。」

現在想起來，還真慶幸當初是這樣，毫不猶豫開始這個故事的，如果不是這樣不照著大綱走，就不會發現溫醫師的愛情，其實是在另一個女孩的身上發生，王睿也終究是回到了摯愛的人身旁。

就在這本書接近結局時，我看了一本書，叫《秒速五公分》，它讓我重新認識了所謂「美好」結局的定義，不是王子與公主的白頭偕老才是圓滿、漫長等待後終於換來真愛，也不是人人都有的幸運。我想，只要在我們生命中深刻的愛過，無關乎結局，那都會是一份好的愛情。

于沫晨選擇將自己的心留在歲月的洪流裡，專一且堅定地守護著與周紀緯的愛情。我不曉得在其他人筆下的小說裡，是否也做了相同的安排；只是我想說，這是我寫的故事，也是圈圈最後的選擇。當我興高采烈拿著完稿的的小說想和她分享時，她已經不在我們所處的世界了，再多的錯愕與不捨也都只是枉然。

或許人的一生中，真的有無法承受之輕重。這世界在那一天少了一個圈圈，但我希望在某一天，能有一個于沫晨看見這本書，然後告訴我，她是帶著回憶裡的美好，勇敢走下去的。

《被自己綁架的女孩》這樣題材的故事，有幸能以實體書的方式出現在你們面前，我真的非常感激。也不得不說，當初就是抱持著，就算沒有辦法出版，我也一定要拚命寫完它的心情開始連載的。

謝謝尚燁哥再次給了我出版的機會，感謝尖端，還有給我滿滿靈感的男友。

當然，我並沒有忘記，要好好謝謝買了這本書的你，謝謝你願意把它帶回家、謝謝你這麼有眼光（咦？）。

哈哈哈哈哈。

歡迎你常來我的粉絲團找我玩。

二〇一七年十一月十二日／思念秧秧，於馬祖刺鳥咖啡。

愛小說

被自己綁架的女孩

作者／矮子(思念秧秧)
發行人／黃鎮隆　副總經理／陳君平
總編輯／洪琇菁　國際版權／黃令歡
執行編輯／呂尚燁　美術主編／陳又荻
企劃宣傳／邱小祐
出版／城邦文化事業股份有限公司　尖端出版
台北市中山區民生東路二段一四一號十樓
電話：(〇二)二五〇〇七六〇〇　傳真：(〇二)二五〇〇二六八三
E-mail：7novels@mail2.spp.com.tw
發行／英屬蓋曼群島商家庭傳媒股份有限公司城邦分公司　尖端出版
台北市中山區民生東路二段一四一號十樓
電話：(〇二)二五〇〇—七六〇〇(代表號)
傳真：(〇二)二五〇〇—一九七九
中彰投以北經銷(含宜花東)／高見文化行銷股份有限公司
電話：〇八〇〇—〇五五—三六五
傳真：(〇二)二六六八—六二二〇
雲嘉經銷／威信圖書有限公司　嘉義公司
電話：(〇五)二三三—三八五二
傳真：(〇五)二三三—三八六三
南部經銷／威信圖書有限公司　高雄公司
客服專線：〇八〇〇—〇二八—〇二八
電話：(〇七)三七三—〇〇七九
傳真：(〇七)三七三—〇〇八七
香港總經銷／城邦(香港)出版集團有限公司
香港灣仔駱克道193號東超商業中心1樓
電話：(八五二)二五〇八—六二三一
傳真：(八五二)二五七八—九三三七
馬新經銷／城邦(馬新)出版集團　Cite(M)Sdn.Bhd.
E-mail：Cite@cite.com.my
法律顧問／王子文律師　元禾法律事務所
台北市羅斯福路三段三十七號十五樓
二〇一七年十二月一版一刷

■中文版■

郵購注意事項：
1. 填妥劃撥單資料：帳號：50003021戶名：英屬蓋曼群島商家庭傳媒(股)公司城邦分公司。2. 通信欄內註明訂購書名與冊數。3. 劃撥金額低於500元，請加附掛號郵資50元。如劃撥日起 10～14日，仍未收到書時，請洽劃撥組。劃撥專線TEL：(03) 312-4212 ・ FAX：(03) 322-4621。E-mail：marketing@spp.com.tw

國家圖書館出版品預行編目資料

被自己綁架的女孩 / 矮子(思念秧秧) 著 ; .
--1版.--臺北市：尖端出版, 2017.12 面 ; 公分.--
譯自:
ISBN 978-957-10-7828-1(平裝)

857.7　　106017963

周紀緯的世界

你們相信天使嗎？

靈魂離開了身體，不是消失，而是幻化成一縷清風，相伴在摯愛的人左右。

我們天天見面，只是她看不見。

我們彼此相愛著，卻隔了名為生死的高牆，這樣的愛就如同夢境一般。

想醒，醒不來；想忘，也忘不了。

夢境沒有盡頭，只有遙遙無期的盼望。

為了守候她而不曾離開，我的每一分每一秒，都存在她的存在裡。

第一個365天。

她不吃不睡，試圖用各種可能的、不可能的方式，想追隨我離去的腳步。

當她割腕，我只能控制她那駭人的力道。

當她燒炭，我奮力撥下她桌面上所有可能發出聲響的物品，來引起他人的關注。

用盡全身力量，我只要她好好地活著。

就像我在生命最後一刻，唯一的信念便是將她往車外推。

然而這個傻瓜，卻埋怨我狠心地留下了她一個人。

第二個365天。

她不言不語，偶爾對著空氣流淚或傻笑。

而我知道，那是因為她又在想念我了。

為她精挑細選了一個仁心仁術的好醫師。

然而這個傻瓜，卻整整無視了他五年。

知道總有那麼一天，她會敞開心房去接納溫醫師。

於是我用自己的不存在，

去證明了她好起來的機會，其實就在於勇敢面對。

第六個365天。

勇敢如她，開始學習讓快樂與痛苦的回憶共存著。

時而清醒、時而陷入無底深淵。

每一個徬徨無助的時刻，我都在，只可惜她再也看不到。

為她準備了可以攜手一生的人。

陪伴關心著，我以為愛情會在他們之間萌芽。

然而這傻瓜，卻將那條得來不易的紅線，緊緊地繫在另一個女孩的手上。

第七個365天。
王睿回來了。
她終於在眼淚中學會了寬恕。
不再去恨、不再去想，
我們的離開究竟是誰的錯。

王睿對她悉心呵護讓我感到放心。
這一次，我決定親手將王睿的姻緣綁在她身上。
世界再大，只求有一人能真心待她。

然而這傻瓜，卻再次不著痕跡地剪開了他們之間的緣分。

第十個365天。
她學會了煮咖啡和甜點，在充滿故事的小店裡。
延續著我們的夢想與希望。
當想念蔓延全身時，她已不再哭泣。

總是仰望著天空，揚起溫暖笑容。

「紀緯我好想你，你過得好嗎？」

親愛的沫晨，一路看著妳走出來的我，真的很好。

四季更迭、歲月匆匆。

這已經是我等待的，不知道第幾個365天了。
她的動作很粗魯，每天我都會在她伸懶腰的下一秒醒來。
看著她嘴角上揚的微笑，幸福不過就是如此簡單的小事。

有人說歲月是把殺豬刀，這句話卻不適用在她身上。
今天難得早起，窗外有一道陽光，從薄霧裡透了出來。
靜靜地凝視著那恬靜而動人的側臉，我在額間落下一吻。
豆大的淚珠緩緩從眼角滑落，她輕輕顫抖的身子縮進了我懷裡。
「怎麼哭了呢？妳做惡夢了嗎？」我說。
「是好夢，有你出現的夢都是好夢。」搖搖頭，她怯弱地說。
一種預感油然而生，我收緊雙手。「沫晨，張開眼睛。」

「我不要，每一次張開眼睛，你就會消失。」她仍舊抗拒著。「多跟我說些話好嗎？在我醒來之前。」

「張開眼睛，我想妳這一次能看見我了。」伸出手，我輕撫著她柔順的髮絲。

她抿著嘴，一動也不動，直到身後傳來推開房門的聲音。

「晨晨阿姨，起床了！」吳宛怡的女兒蹲坐在床邊輕喚著，她和沫晨的感情很好，就像母女一般。

沫晨小心翼翼地張開雙眼，與我四目相對。

「你是……」

「我是。」

「那我已經……」

「沒錯，妳已經結束這一生的任務了。」

吳宛怡的女兒奔出房門外，一陣混亂後，吳宛怡才帶著沉重的腳步進來，動作很溫柔地替沫晨整理的衣領和頭髮。

「念尹，去幫我打電話給曉華阿姨。」吳宛怡說。

「晨晨阿姨……」念尹吸了吸鼻子，輕輕握住沫晨的手腕。「妳一定要找到姨丈喔！雖然我從沒見過他，但請幫我轉達，他是我見過最棒的音樂人。」

聽見這樣的讚美，我偏著頭，嘴角上揚。

「謝謝姨丈支持了我爸爸的音樂夢想，他們的故事，就是我想站上舞臺的原因。」

沫晨凝視著王念尹離開的背影，她靠上了我肩頭，淚水緩緩滑落。

看著醫護人員忙進忙出的身影，就像是觀眾，眼前的一切都已經與我們無關了。

「好久不見。」抬起頭，沫晨給了我一個無與倫比的笑臉。

「不久，對我來說妳一直都在，只可惜妳看不見我。」我朝她張開雙臂。「走吧！一個全新的故事在等著我們呢！」

「在新的故事裡，所有人都能相遇嗎？」

「當然。」

我們相識一笑，緊握著彼此的手，逐漸消失在茫茫雲霧裡。

雨後，所有人都在期待著彩虹。

哪怕歷經了狂風暴雨，只要天晴後的一端有妳。

那便是我等待的意義。

說過再見的我們

夏日來臨了，公園旁的攤販林立，而正中間站著三個長相出色的男孩。

「高紀緯啊！我們到底為什麼要在蚊子這麼多的戶外表演？學人家去地下道不是很好嗎？」長相痞痞的男孩不悅地抱怨。

「在室外演唱才有感覺你懂不懂！」拿著鼓棒走來的男孩揚起笑容。

「還是阿遠你有品味！」高紀緯大拇指比了讚，揹起吉他。「林尹軒你動作快一點，那個女生要來了啦！」

「有異性沒人性！」林尹軒朝著他們大叫，卻仍配合地拿起了貝斯。

手裡抱著洋娃娃的女孩被公園裡傳來的音樂聲吸引。「姊姊我要去看！」

「好啊！小晨晨很喜歡那些大哥哥喔！」女孩的姊姊綁著整齊的馬尾，笑臉盈盈地牽起她的小手。

她們姊妹倆在人群裡隨著音樂拍手。「妳喜歡哪一個哥哥？等一下結束後我帶妳去認識他。」

小女孩害羞地垂下頭。「是祕密。」小小的身子卻朝著高紀緯狂奔而去。

高紀緯的視線停在她身上，林尹軒在一旁笑著說：「我真的很擔心心你有戀童癖，該不會真的喜歡抱洋娃娃那個吧？」

「你閉嘴。」高紀緯蹲下身，溫柔地湊到小女孩面前。「沒想到妳真的來了！我弟在大樹後面玩車車，去找他吧！」

「哇！看來我妹妹喜歡的哥哥是你了。」女孩的姊姊看著她與眼前的男孩有說有笑的，忍不住發出讚嘆聲。

「他說的哥哥，應該是指我弟。」高紀緯聳聳肩，揚起燦爛的笑容。「妳好！我叫高紀緯。」

女孩的姊姊探了探頭，發現妹妹竟主動牽起了身旁男孩的手，莞爾一笑。「妳好！我叫夏沫晨，你弟弟長得很可愛。」

「妳妹妹夏宛晨也很可愛。」

「謝謝，只是我很好奇，你跟我妹妹是怎麼認識的？」夏沫晨隨意把玩著自己的馬尾，餘光瞥見高紀緯胸前的項鍊，意味深遠的笑了。

「她想追我弟，我說那她也要給我一點好處才行，於是她跟我說……」

「她說什麼？」

「她說我姊姊很漂亮，介紹給你當女朋友。」

聽見這番回答的夏沫晨哈哈笑了幾聲，高紀緯則是不好意思地撇過頭，同時也發現了她脖子上吉他彈片造型的短練。

跟他的戴著的，竟然一模一樣。

「那你覺得可以嗎？用我來跟你交換一個寶貝弟弟？」夏沫晨又好氣又好笑地，看著不遠處樹蔭下的妹妹。

高紀緯搔搔頭。「可以，很可以。」

他們相視一笑，夏沫晨卻猛然低下頭，淚水在眼眶中打轉。「這麼說來有點奇怪，但我覺得好像在哪裡見過你。」

「這可以當作是妳有跟我進一步認識的意願嗎？」高紀緯拿出了手機。

夏沫晨接過，並輸入了自己的手機號碼。「時間有點晚了，我們電話聯絡好嗎？」

「好。」高紀緯揮手道別，夏沫晨也牽起了夏宛晨緩緩消失在他的視線裡。

「高睿！回家了！」高紀緯轉過身喊住在樹下玩耍的小男孩。

橙色的夕陽漸漸落下，男孩們坐在公園的椅子上談論著屬於他們的故事。高睿拉起哥哥的手，嚷嚷著要回家。

「紀緯，今天給你電話的女生，我總覺得好像在哪裡見過她。」林尹軒說。

「我也有這種感覺。」何孟遠點頭附和道。

高紀緯低頭閱讀著來自夏沫晨的訊息，用著極度認真的口吻說：「不准跟我搶，敢搶我就退團。」

「多幸運／那麼低的機率／遇見妳／在哭泣／那一秒就奪走我的心

妳的笑讓我第一次想爭取／讓某個誰／成為唯一」

穿著吊帶褲的高睿傻呼呼地在一旁哼著歌，林尹軒伸手抱起他。

「我們小睿睿好厲害喔！等你長大來當我們的主唱好不好啊？」

「好呀！我好想跟你們當兄弟喔！」高睿的童言童語，逗得三個大男孩哈哈大笑。

地球是橢圓形的，不論我們走得多遠，總會有碰頭的那一天。

每一段命定的相遇，都只是我們的久別重逢罷了。